UN FILET DE FUMÉE

DU MÊME AUTEUR

Fayard
La Concession du téléphone
La Saison de la chasse

Flammarion
Pirandello

Fleuve noir
La Forme de l'eau
Chien de faïence
Un mois avec Montalbano
Le Voleur de goûter
La Voix du violon
La Démission de Montalbano
L'Excursion à Tindari

Le Promeneur
Un massacre oublié
Indulgences à la carte

Métailié
L'Opéra de Vigàta
Le Coup du cavalier
La Disparition de Judas

Mille et une nuits
Le Jeu de la mouche

Andrea Camilleri

UN FILET DE FUMÉE

roman

traduit de l'italien par
DOMINIQUE VITTOZ

Fayard

Cet ouvrage est la traduction intégrale, publiée
pour la première fois en France, du livre de langue italienne :
UN FILO DI FUMO
édité par Sellerio Editore.

...Un beau jour nous verrons
s'élever un filet de fumée à l'extrême
limite de la mer.
Puis, le navire paraît...

L. ILLICA et G. GIACOSA,
Madame Butterfly, acte II, scène 1.

Ils le font courir tant qu'il a de jambes. D'abord Ignazio Xerri, avec sa décoration de chevalier, tout sucre tout miel, et un air d'avoir deux airs qu'on remarque à sa façon de tenir ses mains, de virer au jaune en regardant le bout de ses chaussures

« Bien vrai, je suis désolé, mais mes entrepôts sont vides. À votre place, tant qu'à faire, je pousserais jusque chez Natale Navarrìa »

et don Michele Navarrìa, toujours emmalicé pour un rien, parce que le soleil se lève le matin et se couche le soir

« Non, pas même le plus petit gramme de soufre. Mes entrepôts sont franc vides »

et le voilà de plus en plus essoufflé, ayant perdu en route le bel aplomb que, suant sang et eau, il avait gagné en Suisse où son père avait eu la lumineuse idée de l'envoyer étudier la chimie pour qu'il fît, avec le soufre, le miracle que Jésus réalisa avec les pains et les poissons

« Les choses sont simples, fils. Ne crois pas que tous les autres aient les mains propres comme ils jurent leurs grands dieux. Il n'y a pas magasinier, dans et hors de Vigàta, qui ne coupe le soufre de seconde avec le soufre de troisième et même de quatrième. Si tu as dix mille quintaux en stock et que tu sais y faire, tes dix mille deviennent vingt mille, que tu revends comme tu veux. Mais il s'agit toujours de soufre, de mauvaise qualité d'accord, mais de soufre quand même, et qui coûte son prix. Alors moi, un jour, j'ai pensé à la terre jaune de Termini Imerese. Tu la connais ? Je suis allé spécialement à Termini Imerese, je l'ai regardée et re-regardée, je l'ai même goûtée. Y a pas de bon dieu, c'est de la terre, mais on dirait du soufre tout craché, couleur, odeur, tout. On peut en faire venir de pleins wagons pour trois fois rien. Sauf qu'il me faut un bon chimiste, quelqu'un qui sache son fait, qui effectue les bons dosages, qui arrange la sauce sans que ça se voie. Mais avant tout, un homme de confiance. Une tombe. Et qui, plus qu'un fils, peut être de confiance ? Tu as fait tes études ici à Vigàta, et maintenant tu devrais aller à Palerme, à l'université. Eh bien, dans une dizaine de jours, au lieu de partir pour Palerme, tu sautes dans le premier train pour Rome, d'où tu iras à Zurich, car il paraît que pour enseigner la chimie là-bas... »

et maintenant ils l'avaient dans le cul, lui, son frère Gaetano et son père, ils étaient finis, morts et enterrés

« Je suis vraiment désolé, don Nenè, vous ne pouvez pas savoir avec quel empressement et quel plaisir je vous aurais rendu service. Mais manque de chance, pas plus tard qu'hier nous avons dû faire un chargement complet et Pasqualino Patti est venu prendre le peu qui nous restait. D'ailleurs, maintenant que j'y pense, pourquoi n'essayez-vous pas chez Patti ? »

et il continue à balmer d'un entrepôt à l'autre, comme une boule de billard que la force d'inertie renvoie d'une bande à l'autre, de toute façon il connaît déjà la réponse des magasiniers et il sait aussi ce qu'ils pensent et ne disent pas, mais qu'on devine quand même à une lueur dans leurs yeux, à un pli au coin des lèvres

« et va te faire foutre, toi et toute ta famille »

maintenant à force de courir par cette chaleur, il n'y voit presque plus rien, ses lunettes sont embuées, il a la bouche irritée, le souffle court et pour un peu il ferait comme les chiens qui tirent la langue, mais cela ne lui servirait à rien, ce qui sert à quelque chose, ce sont les cinq mille quintaux de soufre qu'il doit absolument trouver, se faire prêter – espère toujours ! – ou bien acheter

« à prix d'or, oui monsieur, je suis disposé à les payer à prix d'or

– Mais mon cher don Nenè, ce n'est pas une question de prix... »

en attendant, il n'y a pas de bon dieu qui tienne, le vapeur russe, l'*Ivan Tomorov*, qui avait quitté le port d'Odessa six jours auparavant, jetterait manquablement l'ancre dans le port de Vigàta dans six ou sept heures, et autant vaudrait alors qu'à la place de l'ancre on le jette lui à l'eau, une meule autour du cou, d'ailleurs il imagine le dialogue comme s'il y était

« Mon cher capitaine, je regrette, mais votre voyage depuis Odessa jusqu'ici c'est comme qui dirait la nuit de perdue et le nouveau-né qu'est une fille (réplique russe du capitaine qui censément n'y a rien compris et demande des explications supplémentaires)

– Je m'explique. C'est pas pour la chose de dire, mais le soufre que la maison Jung avait entreposé chez nous et que vous êtes venu chercher, eh bien, nous l'avons vendu (frayeur russe du capitaine)

– Oui monsieur, vendu. À quelqu'un d'autre. Je sais parfaitement qu'il était à vous. Et nous ne pouvons en aucune manière faire face à nos engagements car nos charipes de collègues magasiniers non seulement n'ont pas voulu nous aider, mais à l'heure qu'il est, ils se gondivèlent à s'en faire péter la coiffe du ventre. Depuis des années ils nous soignaient venir, attendant qu'on commette une erreur pour nous demander de payer, et à regonfle. Cette erreur, nous venons d'y tomber », et du coup il n'avait pas de solution, eux pouvaient se rentourner à Odessa et bien des choses chez vous, avec la cale vide à la disposition des rats, tandis que pour la Maison Salvatore Barbabianca et fils, c'était la cupelette, à l'ancrie qu'ils étaient, sans plus personne sur terre ou sur mer pour leur faire confiance, ils n'étaient plus bons ni pour bouillir ni pour rôtir, et pendant ce temps, il continue à courir, il n'y voit vraiment plus rien, c'est au bruit que font ses chaussures qu'il comprend s'il marche sur des pavés ou sur la terre battue et chaque « non » qui lui arrive accroît en lui le conflit entre la conviction que leur ruine est certaine et l'incapacité de s'en convaincre, il a un cœur d'âne et un de lion, d'ailleurs tout son être s'y refuse, il sent son estomac et sa poitrine qui se serrent comme lorsqu'il était petit gone et qu'on lui donnait une tablette de calomel pour qu'il se débagage le ventre, il lui reste encore trois ou quatre entrepôts où aller, peut-être qu'arrivé au dernier il fléchira sur ses jambes devant la porte comme un cheval fatigué et si les autres croient qu'il tombe à genoux pour mieux les convaincre, il s'en contrefout, la seule chose qui lui importe ce sont ces cinq mille quintaux qui sont du sang, de la vie.

Don Saverio Fede était assis à son bureau, vérifiant ses comptes quand il entendit le bruit d'une voiture qui venait d'entrer à toute vitesse dans la cour. En levant les yeux vers la fenêtre, il vit que c'était celle de don Ciccio Lo Cascio, magasinier lui aussi, qui, pour ainsi dire, était devenu un « marquant » sans que besoin ait été de documents écrits : quelqu'un qui avait su mériter estime et respect par ses actes et par ses paroles. C'est pourquoi, plein de prévenance, il allait à ses devants pour l'accueillir quand, sur le pas de la porte, il tomba en fait nez à nez avec le bistaud de don Ciccio, rouge et haletant comme si c'était lui qui avait couru à la place de l'attelage.

« Faites excuse. J'embrasse vos mains.

– Qu'y a-t-il ?

– Il y a que don Nenè Barbabianca est après venir vers vous. Son entrepôt est vide et il a absolument besoin de cinq mille quintaux, sinon il fond ses huiles. Alors don Ciccio vous prie... »

D'un large geste de la main, tendue comme pour prêter serment, don Saverio le fit taire.

« Personne n'a besoin de me prier. Va lui dire que pour ma part, je voudrais voir les Barbabianca rayés de la surface de la terre. Dans mes entrepôts, il n'y a pas de soufre pour des gens qui tournent le cul au pain. Mes respects à don Ciccio. »

Il y avait deux papiers que don Totò, soixante-dix ans, fondateur de la Maison Salvatore Barbabianca et Fils, lisait et relisait depuis le matin huit heures. Ou plutôt faisait semblant de lire car, par le fait, ils étaient désormais inscrits en lettres de feu dans sa tête. Le premier était en partie manuscrit et en partie imprimé. En haut à gauche, on lisait « Emil Jung » et juste au-dessous « Palerme » ; en haut à droite « Palerme, ce 2 juillet 1890 » ; immédiatement dessous, au milieu de la feuille « Livraison de soufre » et plus bas « Monsieur Salvatore Barbabianca et Fils – Vigàta ». Puis la feuille poursuivait :

En exécution du présent bordereau, vous aurez l'obligeance de remettre à Monsieur Alekseï Parouchkine, commandant du navire Ivan Tomorov *en provenance d'Odessa, cinq mille quintaux de soufre de deuxième choix de Vigàta, pur de tout mélange, apte à être commercialisé hors de tout soufre noir brûlé et corps étrangers, calibré comme d'habitude en* balate, tocchi *et* tocchetti, *déposé et pesé aux endroits agréés par les services de Douane puis livré par voilier, net de tout frais au susdit sieur, exception faite de la taxe de douane qui reste à la charge de ce dernier. Vous garderez sans frais le susdit soufre pendant quatre mois à compter de ce jour, au terme desquels toutefois, si la livraison n'avait pas eu lieu, ils resteront à la charge du sieur Alekseï Parouchkine, à ses risques et périls, en tant que représentant légal dans ce cas de la Maison Nikolaï Arbouzov dont le siège est à Odessa. Ce soufre est celui que j'ai déposé dans votre entrepôt et que je lui ai vendu contre une somme reçue en espèces. Une fois la livraison effectuée, il vous en sera signé reçu pour acquit à titre de garantie commune. Veuillez agréer l'expression de ma considération, Emil Jung.*

Le deuxième document était beaucoup plus court, un télégramme jaunâtre, lui aussi partiellement imprimé et complété à la main. La partie manuscrite disait :

Livrez cinq mille quintaux à navire Tomorov *arrivant votre port mardi après-midi dix-huit salutations Jung.*

Tout comme il faut donc, sauf qu'il ne s'expliquait pas comment un télégramme expédié de Palerme en date du quinze (et ça, c'était écrit clair et net dans la case correspondante, en haut à gauche) était arrivé à Vigàta le dix-huit, c'est-à-dire le jour même où le bateau devait accoster ; de Palerme à Vigàta, il y avait deux cents kilomètres, c'était à peu près comme si on le lui avait apporté à pied. Et tout était là : si le télégramme était arrivé, comme il aurait dû, le jour même où il avait été expédié, le quinze donc, don Totò aurait eu tout son temps pour trouver la parade : car c'était précisément sur ça qu'il avait compté, sur l'exactitude germanique d'Emil Jung qui s'était toujours fait un devoir de l'avertir des livraisons au moins trois jours à l'avance. L'employé de la poste n'avait pas su expliquer ce retard. Mais en cherchant un peu, don Totò se l'expliquait très bien tout seul ; il avait sous les yeux, aussi clairement que s'il y avait assisté, la scène où l'employé de poste se précipitait au cercle et, ayant pris à part Ciccio Lo Cascio, lui expliquait à mi-voix que, voyez-vous, il y avait ce télégramme qui pouvait faire lever le cul à la Maison Barbabianca, d'ailleurs tout Vigàta savait qu'en ce moment, dans ses entrepôts il n'y avait pas plus de soufre que sur ma main, et qu'en pensait don Ciccio, n'était-ce pas l'occasion de lui tirer un pied de cochon ? « Les pâtes, et les amandes par-dessus », disait le proverbe pour un malheur qui ne vient jamais seul, et on pouvait faire confiance à don Ciccio qui depuis trois ans, depuis que lui, don Totò, lui avait piqué sous le nez l'affaire de la mine de Trasatta, disait à qui voulait l'entendre qu'il ferait le vert et le sec pour voir la Maison Barbabianca à cras, les amandes sur les pâtes, c'était de la gnognotte, mais ces paroles avaient été comme un nectar. Sans compter ce que ce sale mouchard avait dû y gagner.

Habitué à naviguer toujours face au vent, don Totò pensait que cette fois les vagues étaient tout de même un peu grosses et qu'il allait falloir y mettre toutes les herbes de la saint Jean pour réussir à s'en sortir. Pour le moment, tout espoir n'était pas perdu. Avant de se déclarer mort, il fallait attendre le retour de Blasco Moriones, le comptable qui, dès réception du télégramme, avait été expédié à dos de mule à Fela où se trouvaient les frères Munda. Eux, ça aurait été étonnant qu'ils se défilent, ils savaient que ce n'était pas dans leur intérêt de faire du tort à don Salvatore Barbabianca. Moriones serait de retour à Vigàta peu après le déjeuner « il faut que tu sois ici à trois heures, quitte à t'en briser l'échine », toujours à temps avant que le bateau n'accoste. Le véritable espoir était là, la tournée que son fils Nenè avait voulu faire pendant ce temps par tout le pays, en demandant l'aumône d'un peu de soufre, était inutile et stupide : le piège avait été trop bien préparé. Bien sûr Moriones ne pourrait pas rapporter les cinq mille quintaux mais, si ce n'était que ça, il n'y avait plus de danger, on trouverait une excuse quelconque pour le capitaine, l'essentiel était que le soufre arrive de Fela à Vigàta en l'espace de trente-six heures. Sans que rien ne l'annonce, leste comme un de ces chiens qui dans le plus grand silence te sautent à la gorge, une idée l'estiqua :

« Et si les frères Munda voulaient apprendre à leur père à faire les enfants ? »

La bouche soudain toute sèche, don Totò sentit le besoin de se rafraîchir. Il sonna.

« Apporte-moi une citronnade avec un cuchon de glaçons », dit-il au bistaud.

Don Angelino Villasevaglios, quatre-vingt-dix ans, complètement aveugle désormais, s'était fait porter par son valet Nino sur sa terrasse, parce que de là-haut on voyait la mer, et maintenant il était après suer en plein soleil, sans bouger pour autant d'un millimètre, sans broncher sur son fauteuil en osier, raide comme un coup de trique, une vraie statue, habillé de pied en cap y compris ses guêtres, que du reste il enlevait chaque fois qu'il lui tombait un œil, avec son pince-nez, inutile, pendant sur son gilet.

« C'est que vous pourriez prendre mal avec ce soleil.

– Ça me regarde »

et il apinchait la mer, la main en visière au-dessus de ses yeux pour se protéger de la réverbération, comme s'il y voyait pour de bon, étirant encore plus son cou de tortue et Nino restait à côté de lui avec une patience d'ange, longue-vue à la main, essayant de quelque manière de faire avec son corps de l'ombre à ce vieux fou

« On va rôtir là tous les deux et ça va être d'abord fait »

mais l'ancien ne l'entendait même pas rongonner, pour la première fois peut-être depuis que la cataracte l'avait privé de la lumière du jour, il se plaignait de son infirmité

« Le Seigneur ne devait pas me faire ce tort, me priver de mes yeux, maintenant qu'il me faut ma vue pour me payer cette belle satisfaction »

et il humait, cherchant l'odeur de la mer

« Nino, voit-on la fumée ? »

son plus cher désir était de voir de ses propres yeux cette fumée du bateau russe qui signifiait la tombe, l'infusion de gravier pour Totò Barbabianca et ses fils, et au lieu de ça, il devait se la faire décrire à travers les yeux d'un valet

« Nino, soigne venir !

– Mecieu, sitôt que je vois la fumée, je vous y dis. Ne vous bouliguez pas. »

« Dites-moi tout de suite ce qui s'est passé ! » fit Lemonnier, l'ingénieur, qui était certes turinois mais homme habile et vif, un as dans sa partie, la mine, et qui en deux ans de séjour à Vigàta avait appris à comprendre quelque chose des Siciliens. Ce n'étaient pas les mots qu'ils disaient, ce n'étaient pas les gestes qu'ils faisaient, l'ingénieur en était désormais persuadé : il fallait en revanche faire attention à la façon dont ils disaient ces mots, faisaient ces gestes. Des nuances, des fêlures, d'imperceptibles changements de rythme et d'intonation : voilà ce qui comptait. Il avait commencé à le comprendre trois mois à peine après son arrivée en Sicile quand il avait dû se rendre à Palerme avec monsieur Madonìa, une décoration de commandeur, personne tout ce qu'il y a de bien. Depuis quelque temps, le journal *la Voix de l'île* publiait des nouvelles peu réjouissantes sur la santé du pape Léon XIII, épuisé – disaient les journalistes – d'avoir porté à son terme l'encyclique *Immortale Dei*, sur la constitution chrétienne des États et d'en avoir commencé une autre, *Christianum*, rien moins que sur l'émancipation des esclaves. Or ce jour-là, ils traversaient les Quattro Canti di Città et le commandeur parcourait des yeux l'article, qui cette fois donnait des nouvelles rassurantes sur la santé de l'éminent personnage, quand un monsieur bien habillé, d'un certain âge, s'était approché cérémonieusement du commandeur et, craignant manifestement de déranger, avait demandé à voix basse :

« Excusez-moi, pouvez-vous me dire comment se porte le pape ? »

Bien que n'ayant à ce moment-là aucun contact physique avec le commandeur, il avait senti que ses muscles frémissaient puis se contractaient, que tout son système nerveux vibrait comme sous une secousse soudaine. Il était en train de répondre lui-même que le pape, grâce à Dieu, allait un peu mieux, vu que Madonìa étrangement semblait avoir perdu la voix, quand son compagnon – mais était-ce lui ou un autre ? – brusquement métamorphosé, comme par magie, oubliant la courtoisie, la politesse, la retenue qui lui étaient coutumières, avait jeté rageusement au visage que le monsieur tenait légèrement penché en avant, ses yeux n'exprimant qu'une déférente attente et sa bouche déjà prête, semblait-il, à remercier avec civilité :

« Vous me cassez les couilles ! »

Et sans ménagements il avait tiré par le bras un Lemonnier paralysé. Le lendemain, de retour à

Vigàta, alors qu'il racontait cet étrange épisode, un auditeur compatissant lui avait expliqué que le commandeur était un fervent partisan du pouvoir temporel de la papauté, que depuis le décret *Non expedit*, il refusait de voter et que par conséquent le monsieur de Palerme devait le connaître de quelque façon. Il avait ainsi eu la possibilité de comprendre quelle dose d'ironie, pire, de sarcasme féroce, était contenue dans ce qui lui avait paru être une demande de renseignement parfaitement innocente. Une fois, un de ses amis lui avait raconté que les Chinois ne disaient jamais non, qu'ils répondaient toujours oui à n'importe quelle question : il fallait toutefois comprendre si ce oui en était un ou si au contraire c'était un non. Sauf qu'ici la question s'était tout de suite présentée un tantinet plus compliquée que chez les Chinois. Il avait observé que certains jours, les ouvriers de la mine qu'on l'avait envoyé diriger, étaient, comme ils le disaient eux-mêmes, *sciroccati*, possédés par le sirocco, ils se déplaçaient comme alourdis, mais c'était infime, il fallait avoir l'œil très exercé pour s'en apercevoir, et alors il était sûr que d'une façon ou d'une autre des difficultés surgiraient au cours de la journée. D'autres fois au contraire, ils allaient et venaient avec une aisance élégante, une sorte de bonheur même qui se reflétait jusque dans un certain éclaircissement de la peau du visage : dans ces cas, il était certain d'apprendre quelque chose d'agréable, qui pouvait être par exemple la célébration d'un mariage ou la naissance d'un enfant.

Donc, entrant au Cercle des Nobles pour parler avec le marquis Simone Curtò di Baucina d'une affaire concernant la mine, il avait senti sur sa peau comme un coup de vent, un courant d'air frais. Voilà, c'était exactement cela, la sensation qui l'avait poussé à demander :

« Dites-moi tout de suite ce qui s'est passé !

– Romeres est à cras ! » répondit le père Imbornone dont le visage bouffaret comme une pomme d'api était, écrivait une main anonyme dans une feuille volante récemment distribuée au coin de la rue, *le reflet même de la débauche car jamais il n'y eut homme aussi brutal dans les plaisirs de la chair pour lesquels il répand son argent* mais, pour l'heure, n'exprimait qu'une joie maligne pétillant dans ses petits yeux porcins.

« Pardon, mais qui est ce Romeres ? » demanda-t-il. Il en connaissait un, mineur de fond, père de sept enfants, toujours à la tâche, qui avait déjà craché la moitié de ses poumons, et il lui sembla donc bizarre que tous ces beaux messieurs se réjouissent de ce qu'un pauvre malheureux fût définitivement à cras.

« Ah, mais oui, c'est vrai, vous le connaissez comme Salvatore Barbabianca, expliqua Agostino Fiandaca.

– Pourquoi, Barbabianca ne s'appelle pas comme ça ?

– Vous n'êtes pas d'ici, commença le père Imbornone. Il faut donc que vous sachiez que "barbabianca" (barbe-blanche) était un surnom, ce que nous appelons une *'ngiuria*, qu'on avait donnée à Romeres il y a cinquante ans, quand, arrivant on se fout bien d'où, il vint s'installer à Vigàta. Il était potier, il fabriquait des pots à eau – lesquels, soit dit en passant, étaient toujours mal cuits et, parlant par respect, gardaient l'eau fraîche comme de la pisse – et comme de bien s'accorde, sa barbe était toujours sale d'argile et de craie blanche. Voici l'origine de la *'ngiuria*.

– Et de pauvre potier, il a réussi à devenir une telle puissance ? demanda Lemonnier stupéfait.

– Oui monsieur.

– Un véritable self-made-man.

– Un véritable encule-made-man », corrigea le père Imbornone dans le langage spartiate qui lui était habituel, et il poursuivit :

« C'est un homme qui a fait plus de ravages chez nous qu'une bête sauvage, et c'était juste. Car Barbabianca est l'écume de cette nouvelle société qui apprend à ne plus respecter personne.

– Et nous y revoilà, toujours le même refrain ! » intervint le marquis Curtò di Baucina qui jusque-là n'avait pas pipé mot.

« Veuillez entendre raison, cher marquis, de quelqu'un qui, avec tout le respect que je vous dois, en sait plus long que vous. Barbabianca est une merde qui a flotté sur les eaux d'égout de toutes les idées qui ont fini par nous donner l'unité nationale : d'abord libéral opposé aux Bourbons, puis espion des garibaldiens, puis franc-maçon...

– Il a toujours été cohérent, s'entêta le marquis.

– Alors savez-vous à quoi le conduira sa belle cohérence, comme vous l'appelez ? fit le père Imbornone en s'enflammant comme de l'étoupe. Si aujourd'hui il se sort un tant soit peu de ses embiernes, demain, il sera prêt à se mettre avec ces têtes brûlées de De Felice-Giuffrida, Bosco, Verro, ceux qui ont inventé cette histoire de faisceaux siciliens et qui se gargarisent avec des couenneries comme l'égalité sociale, l'émancipation, la collectivisation...

– Je ne vois pas où cela vous mène.

– Moi, nulle part, mon cher, c'est vous que ça devrait mener : à vous protéger les fesses !

– Prenez garde à ne pas pisser au bénitier, père Imbornone !

– Veuillez m'excuser. J'ai déjà la tête près du bonnet mais, pour ce genre de choses, je vois rouge. Je veux dire, et j'en mettrais ma main à couper, que ces fourachaux n'auront pas plus tôt déclenché les premières grèves dans les campagnes, et peut-être bien aussi dans les mines, qu'à leur tête il y aura notre Barbabianca, brandissant un beau drapeau rouge et criant que ce qui est à nous est à lui et que ce qui est à lui doit rester à lui. Et vous, vous pourrez dire adieu à vos mines !

– Quand ce moment viendra, je leur dirai adieu avec plaisir !

– Nom d'un rat, quand je vous entends parler ainsi, je me demande si vous avez vraiment du sang bleu dans les veines !

– Nom de dieu, que voulez-vous dire ? Continuez si vous en avez le courage ! »

Ayant compris qu'il y était allé un peu fort, le père Imbornone maugréa quelque chose qui pouvait éventuellement passer pour des excuses tandis que don Agostino Fiandaca s'employait à calmer le marquis.

« Je ne comprends toujours pas », fit Lemonnier que cette scène n'avait pas impressionné : désormais il avait l'habitude de ces disputes qui partaient comme un feu d'artifice pour retomber à plat tout aussi vite.

« D'accord pour la politique et tout le reste, mais comment Barababianca a-t-il pu amasser tout l'argent qu'il a ?

– En le volant. »

Et cette fois, ce fut un chœur, la concorde absolue.

Pour la première fois en sept ans qu'il gardait ses persiennes fermées en signe de grand deuil, don Masino Bonocore fit entrer par l'entrebâillement de la fenêtre un rai de lumière qui coupa en deux son bureau plein de poussière. Certes, personne n'était mort récemment dans cette maison :

son fils, Santino, avait dû aller chercher un travail à Milan et, touchons du bois, était frais comme un gardon et gagnait suffisamment pour lui envoyer chaque mois quelques *onze et tarì,* il n'arrivait pas à parler en lires. Mais l'épine que sept ans plus tôt on lui avait plantée dans le cœur, celle-là, oui, avait marqué un grand deuil et lui avait ôté l'envie de vivre. Voûté, son châle sur les épaules bien qu'il fît encore chaud, don Masino contempla son bureau qui semblait brutalement partagé entre l'ombre et la lumière, le coupe-papier rouillé, la poudre à sécher renversée qui s'était mélangée à la poussière, si épaisse qu'on aurait pu écrire avec le doigt sur la surface du meuble. Depuis ce temps-là, il n'avait plus voulu entrer dans cette pièce : mais aujourd'hui était peut-être la journée spéciale que Dieu lui envoyait. À pas prudents, comme s'il marchait sur de la glace et qu'il eût peur à tout moment de se casser le cou, il s'approcha de son bureau, s'assit dans le fauteuil en osier, ouvrit le premier tiroir à droite et en sortit la copie d'une lettre qui çà et là jaunissait déjà.

Monsieur le Directeur de la Banque d'Italie, La Maison Tommaso Bonocore de Vigàta a fermé depuis plus de deux ans après une série de revers. Elle s'adresse à vous, Monsieur le Directeur, pour demander un juste règlement avec l'établissement que vous administrez. Il est notoire que la Maison Tommaso Bonocore se trouvait dans une bonne situation et qu'elle était très scrupuleuse du point de vue commercial. Il est tout aussi notoire que l'entreprise de monsieur Emanuele Barbabianca, fils du bien connu Salvatore qui avait quitté la firme paternelle pour se mettre à son compte, s'étant retrouvée dans une passe dangereuse et agitée, la Banque d'Italie (alors Banque Nationale) exigea, pour lui venir en aide, l'aval et la signature de la Maison Bonocore, qu'une parenté intime lie au dit Emanuele Barbabianca puisque son épouse est la fille du soussigné Tommaso Bonocore. Il est notoire que cette même Maison Bonocore remplit alors son engagement de sauver son parent et de sauvegarder les intérêts de la Banque. Chose que Salvatore Barbabianca se garda bien de faire alors qu'il s'agissait d'un parent aussi proche qu'un fils et qu'il pouvait faire état de capitaux, de crédits, de biens immobiliers et d'un chiffre d'affaires infiniment plus importants que ceux d'une pauvre, encore qu'honnête, entreprise comme celle du soussigné. Toutefois, le déficit de monsieur Emanuele Barbabianca étant de beaucoup supérieur à ce qui était à la connaissance de la Maison Bonocore, il en découla que celle-ci ne put pas résister et sombra dans le gouffre. En revanche, Emanuele Barbabianca eut la mise sauve car, ayant recouvré la liberté en vertu de nos garanties, il trouva le moyen de se réfugier de façon aussi rapide qu'étrange sous l'aile paternelle. La chute de l'entreprise et de la famille Bonocore eut lieu dans une totale bonne foi. L'entreprise se dépouilla de tout en faveur de ses créditeurs, accordant des hypothèques sur les quelques biens immobiliers qui lui restaient encore, et vit alors ses membres sombrer dans la misère. Agissant en honnêtes commerçants et pour conserver jusqu'au bout la respectabilité dont notre ex-entreprise a joui jusqu'au dernier moment, nous vous proposons, pour solder définitivement ce que nous devons à votre établissement, de bien vouloir accepter la somme de huit mille lires italiennes, provenant de la vente d'un terrain qui appartenait à feu l'épouse de Salvatore Bonocore. Nous ne possédons rien d'autre, si ce n'est les yeux pour pleurer. Certain de votre compréhension et d'une réponse positive de votre part, nous vous prions de recevoir l'expression…

Cinq ans qu'il ne la lisait plus, cette lettre. La honte d'avoir dû l'écrire n'avait servi à rien, la banque avait refusé. Et tandis qu'il s'était retrouvé condamné à vendre non seulement son dernier morceau de terre, mais aussi la maison où il était né et où son épouse avait rendu son dernier souffle, qu'il s'était terré dans un misérable rez-de-chaussée de deux pièces, qu'il avait dû supporter le chagrin de voir partir au loin son fils unique, bref tandis qu'il sombrait dans la pauvreté et la folie, son gendre, celui pour qui il s'était ruiné, Emanuele Barbabianca, se pavanait avec voiture et chevaux. Et à voir la façon dont il s'était comporté après sa faillite, le soupçon qu'un soir don Ciccio Lo Cascio avait éveillé en lui, à savoir que père et fils lui avaient en fait tendu un piège pour le ruiner une bonne fois, s'était peint des couleurs de la certitude absolue. Et maintenant, après sept ans de bissêtre, de misère, de douleur, peut-être le moment d'ouvrir cette fenêtre était-il venu. Trouvant une force qu'il croyait perdue pour toujours, d'un bond il fut devant les persiennes et les ouvrit toutes les deux en grand, les envoyant heurter violemment contre le mur. Et alors que le soleil entrait, il ne remarqua même pas qu'il était en train de pleurer.

Les Attard, les Bouhagiar, les Camilleri, les Cassar, les Hamel, les Oates, les Peirce, les Sciaino, les Xerri, Arabes ou Maltais qu'ils fussent, les pieds dans la margagne, toujours mal à la main qui donne, économisant jusqu'à l'huile pour les morts ; les Ayala, les Contreras, les Fernandez, les Lopez, les Martinez, les Vanasco, les Villaroel, les Villasevaglios, Espagnols manquablement bien gaunés, mais pas grand-chose dessous, toujours le nez plissé comme s'ils sentaient le faganat ; les Gotheil, les Hoefer, les Jacobs, mangeurs de pommes de terre, têtes de mules d'Allemands, des œillères à se flanquer au fossé plutôt que de dévier d'un centimètre du chemin tracé, têtus comme des ânes rouges, et puis la liste sans fin des Vigàtais bien artets, Brancati et Buttitta, Cacciatore et Cònsolo, D'Arrigo et De Stefani, Farinella et Fiore, Gallo et Giudice, Isgrò et Joppolo, Lanza et Longo, Mazzaglia et Mormino, Napoli et Nicosia, Padellaro et Pizzuto, Ronsisvalle et Russello, Savarese et Sciascia, Terranova et Torrisi, Uccello et Uliano, Vilardo et Virduzzo, Zagarrìo et Zinna, bref toute la population, sans mains, ni pieds, ni ventre, ni poitrine, réduite à des yeux, des yeux au ras des fenêtres, des yeux au ras des portes, comme un banc de soles sur un fond sableux qui pensent se cacher et en fait se manifestent par des centaines et des centaines de points noirs brillants, leurs yeux justement, ces mille paires d'yeux braqués sur son dos, qui creusent entre ses omoplates une étoile plus grosse que celle d'un fusil à canon scié, qui le poussent vers l'avant-dernière station (oui, c'est encore le vocabulaire de la Passion qui lui vient naturellement à l'esprit, au fur et à mesure que, dans l'océan d'autocompassion où il se noie, il va se comparant de plus en plus au Christ, et son itinéraire à un chemin de croix) où le Judas prévu était prêt à ajouter une épine à sa couronne, un clou à la croix.

« Cela me fait beaucoup de peine, mon très cher don Nenè, mais nous ne savons vraiment pas comment vous aider... Pourquoi ne vous adressez-vous pas à don Saverio Fede ? Peut-être lui pourrait-il... »

« Il faut assurer ses arrières », pensa Agatino Cultrera.

Personne ne l'avait averti de ce qui était en train de se passer, il l'avait appris par hasard, en mettant bout à bout un morceau de phrase entendu en passant, un rire qui sonnait bizarrement, un salut plus cordial que d'habitude : les magasiniers voulaient faire d'une pierre deux coups, la Maison Barbabianca et lui, et lui faire payer cher toutes les fois, malheureusement nombreuses, où il avait fermé un œil quand don Totò s'était retrouvé pris au collet.

« Il vaut mieux prendre ses précautions », se répéta-t-il en s'asseyant à son bureau, la tête entre les mains. Mais comment ?

Un aveugle aurait vu le piège préparé pour don Totò : on lui avait fait porter son télégramme avec trois jours de retard. Là était la clé, dans ce retard. Et ce fut ce mot justement qui lui donna soudain l'idée. Si un télégramme mettait trois jours pour venir de Palerme à Vigàta, en proportion une lettre ne pouvait-elle pas mettre dix jours de Vigàta à Palerme ? Bien sûr que oui, et ça n'avait rien d'étonnant. Restait le problème de la date, pas celle qu'il allait écrire lui en haut de la lettre, mais celle du cachet de la poste. Problème ? Il faillit éclater de rire. Avec de l'argent dans une main et sa lettre dans l'autre, monsieur Calcedonio Macaluso, employé de poste, apposerait un cachet qui pourrait tout aussi bien remonter au siècle précédent.

Rassuré, il se mit à écrire :

Aujourd'hui quinze septembre mille neuf cent quatre-vingt-dix, à Vigàta, je, soussigné Agatino Cultrera, inspecteur de la Anglo-Sicilian Sulphur Company et de la Maison Emil Jung de Palerme, me suis rendu dans le bureau de l'entreprise Salvatore Barbabianca et Fils et me suis enquis de la situation de l'entrepôt de ladite entreprise, c'est-à-dire de l'existence des différentes qualités et quantités de soufre en stock qui auraient dû se monter, si la copie des commandes de soufre qui nous a été envoyée est exacte, à douze mille quintaux entreposés par la Anglo-Sicilian Sulphur Company, plus cinq mille quintaux par la Maison Emil Jung. Monsieur Salvatore Barbabianca fit une remarque sur l'heure que nous avions choisie pour cette inspection, affirmant ne pas avoir de personnel disponible à ce moment-là pour nous faire accompagner dans ses entrepôts avec nos témoins, Giovanni Parrello (celui-là, je l'achète avec un verre de vin) *et Antonio Attanasio* (à la guerre comme à la guerre, pour celui-là il faudra sortir deux lires).

Ayant vaincu ses réticences, quelle fut notre surprise de ne pas voir dans ses entrepôts les stocks qui auraient pourtant dû s'y trouver. Dans les entrepôts, il n'y avait aucune masse apparente, et c'est ce que nous avons fait constater aux deux témoins. Entre-temps, durant l'inspection, monsieur Salvatore Barbabianca s'était rapidement éloigné, et il ne m'a pas été possible, comme c'était mon devoir et mon droit, de lui demander raison d'un si grave désordre. Je suis lié au susdit Barbabianca par des rapports d'amitié anciens, il est le parrain d'une de mes filles (mieux vaut que je le dise maintenant, avant qu'une charipe le leur fasse savoir par une lettre anonyme) *et, par conséquent, c'est l'esprit tourmenté que je me trouve contraint de vous signaler la situation assurément non régulière de l'entreprise en question, mais j'ai toujours eu comme phare et guide la conviction que l'exercice honnête de mes fonctions doit ne pas prendre en compte les liens d'affection et d'amitié. Je reste donc dans l'attente de vos ordres.*

Il signa d'un large paraphe et, satisfait, posa son porte-plume : sa lettre était prête, dans un cas comme dans l'autre, qu'il la déchire ou qu'il l'expédie. Il fallait voir comment les choses allaient tourner.

« On ne voit rien ?

– Rien, don Angelino. »

Quarante ans qu'il attendait ce moment, il s'était recrénillé comme un olivier, certains jours il ne pouvait pas seulement se dégrober et il fallait qu'on lui lave les fesses comme à un petit gone, il avait perdu la vue et ses dents, mais patience et longueur de temps, il avait toujours prié Dieu de le réduire même à n'être plus bon qu'à faire de l'ombre mais, avant que ses yeux se ferment, Il devait lui faire la grâce d'assister à la faillite de Totò Barbabianca.

Il lui sembla – mais il se trompait certainement – qu'un souffle de vent avait nettement apporté une odeur de mer. Mais ce fut assez pour lui rappeler une nuit, quarante ans plus tôt, qui avait la même odeur de mer car, durant toutes ces années, il en avait reparcouru chaque minute, retrouvant les odeurs et les bruits, les sons et les paroles. Sous un ciel étoilé où pas une feuille ne bougeait, il ne leur avait pas fallu longtemps pour décharger le voilier qui arrivait de Malte avec de la soie de contrebande. Ils étaient trois, lui, Ristuccia, qui devait ensuite mourir de mort violente, et Tumminello qui après était parti en Amérique. Ils avaient donc mis toutes les balles de soie sur leurs cinq mules aux sabots enveloppés parce qu'ils étaient obligés d'emprunter une route qui passait tout près de Vigàta et qu'ils ne voulaient pas faire de bruit. D'accord c'était la bonne heure mais il y avait toujours quelqu'un pour avoir le sommeil léger ou un chien qui en aboyant pouvait éveiller les curiosités. Tout avait parfaitement bien marché jusqu'au moment où, désormais loin de Vigàta, ils s'étaient arrêtés pour libérer les mules de leurs chiffons afin qu'elles avancent plus vite. C'était le cinquième voyage en un an, ils étaient donc rodés : ils faisaient accoster le voilier au même endroit, ils passaient toujours par le même chemin muletier et ils s'arrêtaient peu après l'embranchement pour Taro, où deux murets plus hauts offraient un abri même par clair de lune. Et justement là, alors qu'ils avaient mis pied à terre pour défaire les chiffons, qu'était-il arrivé ? Une tempête ? Un tremblement de terre ? Il n'en revenait toujours pas. Il ne les avait pas entendus arriver, il ne les avait pas vus sauter par-dessus les murets : il s'était retrouvé étendu par terre de tout son long, la tête étourdie par le grand coup qu'il avait reçu et à ses côtés, il entendait la voix de Ristuccia qui se lamentait et demandait l'aide de la Madone. Mais son étourdissement n'avait pas duré, il avait tout de suite compris que les mules et la soie avaient trouvé preneurs, alors il s'était relevé d'un bond et, passant d'un saut par-dessus Tumminello qui se tordait par terre, il avait couru vers les trois ou quatre ombres masquées qui s'éloignaient avec leur chargement. Toutefois, faible comme il était, il n'était pas resté debout longtemps, il avait tout juste réussi à saisir une de ces ombres par son foulard quand, en un éclair, une deuxième ombre l'avait empoigné et lui avait bloqué les bras tandis qu'une troisième lui avait donné, en silence, un grand coup de poing dans le dos. Du moins, sur le moment, il avait cru que c'était un coup de poing, sauf qu'il s'était tout à coup senti glacé à l'intérieur et avait sombré dans le sommeil comme lorsqu'on a pris une drogue. Tous ses malheurs étaient venus de là, de ce coup de couteau dans le dos. Après avoir quitté son lit où il était resté entre la vie et la mort, il lui avait fallu des mois entiers, une patience de bénédictin, des promesses et de l'argent avant de réussir à en savoir suffisamment pour donner un nom et un prénom à celui qui l'avait démoli pour toujours, parce qu'il avait compris sans que le médecin le lui dise qu'il ne pourrait jamais redevenir le même homme qu'avant. Il avait bien calculé son coup, Salvatore Romeres dit Barbabianca : détrousser des contrebandiers qui ne pouvaient pas le dénoncer. Et si les contrebandiers se défendaient, il tenait toute prête la fin où il avait cherché, et presque réussi, à le mener. Que pouvait-il faire, le tuer ? Il ne fallait sûrement pas compter sur Tumminello et Ristuccia qui n'étaient pas des courageux et n'avaient pas subi de dommages corporels graves. Seul face à Barbabianca, dans l'état piteux où il était, ce n'était même pas la peine d'y penser. Il fallait s'embusquer, l'attendre un soir derrière un rocher et lui faire sauter la tête comme à un serpent : mais, il avait mis quelques années à le comprendre, il n'était pas homme à prendre quelqu'un par traîtrise, pour certaines choses, ç'était de naissance ou rien. Et ainsi il s'était apparemment résigné, s'occupant de ses affaires qui, grâce à Dieu, lui avaient donné quelque satisfaction. Rosina, sa femme, s'en était allée dix ans auparavant, et ils n'avaient pas eu d'enfants : c'est lui, avait-il pensé une fois, qui avait été engrossé de haine, cette nuit-là, et n'avait jamais pu accoucher.

Perdu derrière ses souvenirs, il se rendit compte dans un sursaut qu'il ne savait pas combien de temps avait passé, peut-être la fumée du vapeur russe était-elle déjà en vue.

« Toujours rien ?

– Vous allez pas m'y demander toutes les minutes, nom de nom ! Je vais finir par décoconner, moi ! »

« Il y a environ quinze ans, vers 1875, disait le marquis Curtò, débarquèrent en Sicile deux commissions d'enquête, je dis bien deux, et elles vinrent aussi par chez nous, posant une telle quantité de questions qu'on avait l'impression d'être revenu sur les bancs de l'école.

– Le marquis dit juste, dit le père Imbornone qui voulait mettre son grain de sel. Ces gens-là, chaque fois qu'ils descendent chez nous, c'est avec l'air d'avoir quelque chose à nous apprendre.

– Toutefois, continua le marquis, je fus vite intrigué par le fait que, pour en rester au soufre, ils interrogeaient, disons, Genuardi, Contarini ou Giambertoni, toutes personnes d'une parfaite probité...

– Parfaite, d'une probité parfaite ! » proclama le père Imbornone en posant une main sur sa poitrine pour signifier qu'il était prêt à défendre cette sienne conviction jusqu'à l'ordalie et en clignant simultanément de l'œil d'un air entendu en direction de Lemonnier, l'ingénieur.

« ... d'une parfaite probité, reprit patiemment le marquis, qui s'étaient occupées de mines et d'entrepôts sans jamais se salir les mains, alors qu'on laissait notre très cher Romeres chez lui, tranquille comme Baptiste.

– C'est inexact, fit don Agostino, il eut un contact avec la première commission : le sénateur Cusa alla manger chez lui.

– Quoi qu'il en soit, dit le marquis, au début, ces commissions semblaient une chose sérieuse, et en fait quel a été le résultat ? Tous les commissaires se sont laissé avoir par cette histoire de mafia et ils se sont mis à écrire des choses qui étaient le produit de leur imagination.

– Donc la mafia est un produit de l'imagination ? » demanda d'un ton pressant don Agostino Fiandaca à qui une telle hypothèse donnait des frissons de joie, vu qu'il avait l'habitude d'engager, pour la surveillance et la gérance de son domaine, uniquement des individus avertis à qui personne ne manquait de respect.

« Vous avez une capacité bien à vous de ne pas comprendre ce que je veux dire.

– Ce n'est pas moi qui ne comprends pas, c'est vous qui avez la sale habitude de couper les cheveux en quatre, si bien qu'on finit par s'y perdre !

– Alors je m'explique en donnant un exemple. Admettons que la Sicile soit un arbre, d'accord ? Un arbre malade. Ces messieurs se sont mis à dire : “cet arbre a des taches comme ci et comme ça sur le tronc, ses branches sont à moitié emboconnées, certaines de ses feuilles sont de cette couleur et les autres sont jaunâtres” et puis ils sont rentrés chez eux tout contents.

– Ce n'est pas tout à fait comme ça, intervint le baron Raccuglia, par exemple, Franchetti et Sonino ont écrit aussi que le gouvernement n'avait rien fait qu'envoyer chez nous en Sicile ses pires fonctionnaires, dans les bureaux comme dans la police.

– Vous connaissez l'expression : jeter des pierres au noyé ?

– Ce qui veut dire ?

– Ce qui veut dire que si un arbre est déjà malade et que tous les jours je panche d'eau contre lui, l'arbre meurt plus vite. Mais cela ne signifie pas que l'arbre est tombé malade parce que j'ai panché d'eau. Il se peut que les raisons soient plus lointaines, qu'elles se trouvent peut-être sous terre dans ses racines, et alors il faut tâcher moyen de creuser et creuser encore, sans savoir ce que vous trouverez au passage, un nid de vipères, une pierre ferrifère qui ébrèche la pioche. Non seulement il faut être bon médecin pour trouver la maladie, mais il faut aussi savoir la soigner.

– Et d'après vous, quel traitement faudrait-il ? demanda encore Lemonnier.

– Il faudrait que c'est long à dire et que c'est presque l'heure de rentrer chez soi manger. Mais bon, pour faire passer encore cinq minutes, je vous pose une question : quand Garibaldi débarqua à Marsala...

– Avec les bateaux de Rubattino », intervint le père Imbornone, et il rit en décrivant à plusieurs reprises un large cercle horizontal avec son avant-bras droit pour exprimer d'obscurs et indicibles sous-entendus.

«... quand Garibaldi débarqua à Marsala, savez-vous combien nous avions de métiers à tisser en activité ici en Sicile ?

– Non.

– Je vais vous le dire : environ trente mille. Et savez-vous combien marchaient encore après l'unification ?

– Non.

– Moins de deux cents, mon cher.

– Rubattino, Rubattino, chantonna le père Imbornone.

– Alors le tissu est venu de Biella, nous avons dû le payer deux fois plus cher. Et ceux qui gagnaient leur vie dans le tissage, parlant par respect, se sont retrouvés à cul.

– Puisqu'on vous fait un cours d'histoire, intervint le père Imbornone, connaissez-vous l'histoire du "patriote" Rubattino*, un nom qui est tout un programme ?

– J'ai l'impression de ne plus rien savoir du tout.

– Rubattino avait l'eau à la gorge, il était en train de faire la cupelette et il saisit cette occasion au vol. Il donna à Garibaldi deux bateaux à vapeur tout déglingués dont Dieu seul sait comment ils pouvaient encore flotter – c'étaient davantage des

* Du verbe *rubare*, voler. *(Toutes les notes sont de la traductrice.)*

passoires que des vapeurs – et notre général ne fut pas plus tôt arrivé à Palerme qu'il mit les mains dans nos caisses, jusqu'au coude même, pour les lui payer en or, trois fois leur juste valeur. Ainsi les Siciliens purent-ils se rendre compte d'emblée de la façon dont la chose publique allait être administrée.

– Parce que d'après vous, sous les Bourbons..., intervint, provocant, le marquis Curtò.

– Ah, ne venez pas me dire du mal des Bourbons, pas touche, bondit le père Imbornone. De ce point de vue, chapeau bas ! Ils pouvaient à la rigueur avoir la pendaison facile, bien que pour ma part je n'y croie pas, tout au plus défendaient-ils leurs biens, ils n'auraient pas dû peut-être ? mais ils étaient honnêtes, tout d'un bloc, et ils payaient tout le monde de pareille monnaie ! »

Vu que la conversation, entamée à propos de l'arrivée prochaine d'un bateau, avait fatalement pris la route opposée, c'est-à-dire que plus celui-ci approchait du port, plus celle-là courait le danger de se perdre en haute mer, Lemonnier tenta de la ramener à son point de départ.

« Mais Barbabianca, qu'a-t-il à voir avec tout ça ? demanda-t-il.

– J'y arrive car Romeres, cher ami, est homme à pêcher en eau trouble, quelles que soient les embiernes, il sait lécher le miel sur l'épine. Si par hasard – c'est un exemple – au lieu d'être ici au cercle, nous nous trouvions, mettons, sur un bateau et que ce bateau coule soudainement, vous pouvez mettre votre main au feu que nous partons tous tenir compagnie aux rougets tandis que lui, et lui seul, allez savoir comment, se retrouve sain et sauf. Et ce n'est pas tout : il y a bien des chances qu'il revienne à terre son fond de pantalon plein de poissons. Croyez-moi.

– Pourtant il me semble qu'aujourd'hui il n'est pas à la fête.

– Ça reste à voir. Sûr que ce serait trop beau s'il coulait à pic.

– Mais s'il s'appelle Romeres, comment son entreprise, d'un point de vue légal j'entends, peut-elle s'appeler Barbabianca ? demanda encore Lemonnier.

– Ce que vous êtes tâte-golet, vous ! rebriqua le père Imbornone. C'était un prêté pour un rendu. Je m'explique : il a voulu que sa *'ngiuria* soit officialisée. Vous avez voulu m'appeler Barbabianca par mépris ? Eh bien, dorénavant, vous m'appellerez Barbabianca avec respect. D'ailleurs, changer de nom est une chose normale chez les Romeres. D'après vous, comment s'appelle son fils Stefano ?

– Stefano.

– Non, monsieur, son nom de baptême est Gaetano. Et toujours à propos de Romeres, depuis une heure, mes doctes amis ici présents s'emploient à vous convaincre que les commissions d'enquête n'ont dit que des couenneries et malgré ça, j'ai l'impression que vous n'en êtes pas persuadé. C'est pourtant vrai, voyez-vous. Le général Boglione aussi en a sorti quelques-unes. Ça vous dit quelque chose ?

– Vaguement.

– Quand le général Boglione, qui était piémontais tout comme vous, mais vous n'êtes pas responsable, il ne faut pas vous vexer parce que, vous, on dirait que vous êtes de chez nous, fut appelé à répondre devant le parlement de sa, comment dire, sévérité excessive dans la répression en Sicile après l'unification – entre autres, il mit Vigàta à feu et à sang et fit torturer pendant vingt-quatre heures un pauvre bougre qui ne parlait pas, avant d'admettre qu'il était sourd-muet –, le général Boglione, donc, eut le courage comme citoyen et, dans le cas qui nous occupe, aussi comme militaire, de soutenir dans l'hémicycle que nous, Siciliens, ne sommes pas une branche de l'arbre qui a porté les autres peuples à la civilisation : par nature – d'après monsieur le général – nous sommes des assassins sanguinaires. Et par conséquent, il n'y avait rien à faire : les assassins devaient être traités en assassins, d'où les arrestations, les exécutions, les tortures. Mais le général déparlait, et je vais vous le démontrer. À l'heure qu'il est, avec tout le mal que Romeres a fait, si nous étions tels que le disait monsieur le général, il aurait déjà dû se prendre son coup de fusil, avoir été découpé en morceaux et jeté aux chiens. Que vous sachiez, Romeres est-il mort et enterré ?

– Non, répondit Lemonnier, il est vivant. »

Mais il pensa : vous l'avez laissé en vie pour pouvoir le cuisiner à petit feu. Mais il s'en voulut aussitôt de l'avoir pensé : ça ne venait pas de lui, ça ne lui appartenait pas, les Siciliens étaient vraiment en train de déteindre sur lui.

« Peux-tu dire à Son Excellence mon père que j'ai besoin de lui parler ? » fit le jeune-prince.

Il avait quarante ans passés, commençait à bâtir en façade, mais tout le monde continuait à l'appeler de cette façon qu'il détestait, ça lui tintait aux oreilles comme une gandoise. Pasqualino, le majordome qui, du matin jusqu'au soir, sur ordre du prince, devait rester assis dans un fauteuil près de la porte verrouillée derrière laquelle le gentilhomme s'était pratiquement confiné, mit des heures à se lever, pour cause d'arthrite d'une part, de ses quatre-vingt-dix ans bien sonnés d'autre part, et aussi pour faire endéver le jeune-prince qui lui avait été antipathique dès le deuxième jour de sa naissance. Finalement debout, il frappa trois coups à la porte avec la paume de sa main, puis, après une pause, deux autres coups et enfin, après une autre pause encore, un seul coup mais nettement plus fort que les autres.

« Qui est-ce ?

– Qui voulez-vous que ce soit ? C'est moi. »

Le jeune-prince s'était armé de patience : il savait que, comme toutes les autres fois, la chose allait être longue. Et en effet, à l'intérieur, se firent entendre des bruits d'objets lourds qu'on déplaçait, d'armoires grinçantes qu'on ouvrait et qu'on fermait, de coffres qu'on traînait. Au bout d'un moment, un premier verrou fut tiré, un second, un troisième. Puis la tracole tourna tout doucement et la porte s'ouvrit juste ce qu'il fallait pour que Pasqualino puisse y passer la tête. Le prince, toujours invisible, et son majordome se mirent à bajafler à n'en plus finir, à voix basse, si longtemps que le jeune-prince craignit pour ses nerfs et qu'il se retint à grand-peine de flanquer dans le cul offert de Pasqualino un coup de pied à faire s'abouser de collagne serviteur et maître. Puis, tandis qu'on refermait la porte, au loquet seulement, Pasqualino se retourna et annonça :

« Il dit qu'avant d'entrer, vous devez compter à voix haute jusqu'à trente.

– Eh bien, on va compter », se résigna le jeune-prince.

Pendant qu'il comptait, les bruits à l'intérieur de la pièce devenaient fébriles, on aurait dit que le prince, piqué par une tarentule, jetait par terre des morceaux de fer et de bois dans une espèce de rage à la Roland furieux.

« ... et trente, dit le jeune-prince. Je peux entrer ?

– Entre. »

Le jeune-prince tourna la tracole et entra. La pièce était sombre, dans un coin, il y avait un grand drap tendu comme un rideau, qui cachait tout ce que le prince avait frénétiquement entassé pendant que son fils était à la porte à compter. Sans doute dans sa jeunesse le prince Luigi Gonzaga di Sommatino n'avait pas été ce qu'on appelle un éphèbe, mais la vieillesse n'y était pas allée de main morte avec lui : de rares cheveux étaient restés plantés en plein milieu de son crâne, tout droits et alignés comme la coiffure de certains Indiens, tandis que son front, très haut, en forme d'œuf, faisait ressortir le défaut de ses yeux qui regardaient, l'un Jésus, et l'autre saint Jean. Pour la corpulence, c'était pratiquement celle d'un squelette, très grand, que par une plaisanterie obscène, on aurait attifé d'une veste et d'un pantalon.

« *Benedicite*, fit le jeune-prince.

– *Sanctus*, mon fils, et pousse-toi un peu. Que veux-tu ?

– Je voulais vous dire qu'on est en train de régler son compte à Salvatore Romeres.

– À qui ?

– Quoi, vous avez oublié ? Barbabianca, Romeres enfin, celui à qui vous avez donné en gérance la mine de Stelletta pour huit mille lires par an.

– Très Sainte Vierge ! Quelle journée noire ! Mais c'est quoi, ces histoires ! Alors d'après toi, il ne pourra plus me payer ? On lui a fait faire la cupelette ?

– Pas encore, mais presque…

– Et comment je fais s'il ne me paye plus, hein, comment je fais ? »

Le prince faisait tout son possible pour feindre l'étonnement, l'indignation, la crainte : mais aux coups d'œil rapides qu'il jetait régulièrement vers le drap, on voyait qu'il ne jouait cette comédie que pour donner au jeune-prince ce qu'il attendait et se débarrasser de lui vite fait bien fait. Ce dernier toutefois ne lâchait pas prise.

« Vous vous faites du souci pour ces quatre sous qui, même s'ils ne nous sont pas payés, ne ruineront personne, mais vous n'avez pas voulu vous en faire quand vous lui avez loué pour un morceau de pain une mine qui, nom d'un rat, rendait vingt fois plus !

– Je gère mes affaires comme je l'entends ! Je peux faire et défaire et je n'ai aucun compte à rendre ! Et de toute façon, la justice m'a donné raison ! »

Le prince faisait allusion au procès que le jeune-prince avait intenté à Salvatore Barbabianca pour avoir circonvenu un incapable, étant entendu que l'incapable était le prince tandis que don Totò se montrait des plus capables, puisqu'il avait réussi à enlever une mine, et une bonne, pour le vingtième de sa valeur. Que le prince se fût consacré depuis plus de trente ans à l'exercice de la plus cohérente démence était une chose universellement connue : ce détail, toutefois, échappa au président du tribunal, lequel avait épousé la sœur du père de Randazzo, le député, dont le grand électeur était justement don Totò Barbabianca. Et aux protestations de l'avocat du jeune-prince, qui clamait qu'il était de coutume dans la gérance d'une mine, non pas de payer un loyer annuel, de plus dans ce cas ridiculement bas, mais de fixer un pourcentage sur la production, d'au moins vingt pour cent, le président avait répondu que la coutume n'avait pas toujours force de loi.

« Et ce n'est pas tout ! puisque tu me rappelles toute cette histoire, je te préviens que je prouverai, à toi et au monde entier, que je ne suis pas un incapable ! » ajouta fièrement le prince, et il montra le drap : « Là derrière, il y a mon invention, celle qui révolutionnera l'univers ! » Il baissa le ton et, méfiant, regarda autour de lui. « La quadrature du cercle ! Compris, imbécile ? Ça fait des siècles qu'on s'y est collé sans arriver à rien et moi, je suis en train de réussir ! J'y travaille depuis des années sans même prendre le temps de dormir, et aucun de vous n'a voulu me croire, jamais, vous vous êtes toujours mis à rire dès que j'avais le dos tourné. Même ta mère, Dieu ait son âme, me disait de ne pas perdre mon temps avec ça. » Soudain des larmes coulèrent sur son visage, maintenant il tremblait complètement comme s'il faisait une crise d'épilepsie : « Tu veux que je te dise quelque chose, hein ? » Il en bégayait presque : « Je ne te l'avais jamais dit, mais maintenant je te le dis : le seul qui m'ait compris, le seul qui m'ait encouragé, qui m'ait dit que j'étais sur le bon chemin, qui m'ait donné du cœur à l'ouvrage, ç'a été lui, oui, lui justement... Comment as-tu dit qu'il s'appelle ?

– Barbabianca », répondit dans un souffle le jeune-prince.

Voilà : un mystère vieux de plusieurs décennies s'expliquait enfin. Il avait passé des nuits entières sans fermer l'œil, à se demander comment Romeres était arrivé à convaincre son père qui savait pourtant faire preuve dans les affaires d'une singulière lucidité : il l'avait tout simplement caressé un peu dans le sens du poil. Une pensée le traversa comme un éclair : et si l'ancien, avant de mourir, trouvait quelque autre artoupan pour lui donner raison, pourquoi pas le majordome, Pasqualino lui-même, ce vieux fou pouvait bien lui réserver une drôle de surprise dans son testament. Il y avait lieu de prendre les devants, et sans traîner même.

« Avez-vous jamais pensé au mouvement perpétuel ? demanda-t-il.

– Non, rebriqua le prince immédiatement intéressé. De quoi s'agit-il ?

– Je vais vous expliquer », dit très lentement le jeune-prince.

« Vous parlez d'une chaleur ! fit Ignazio Xerri en épongeant sa sueur.

– C'est un bain qui chauffe : si ça se trouve, dans deux heures il pleut, renchérit Paolo Attard.

– On est en septembre et on se croirait en juillet », aboya Michele Navarrìa.

Puis ni eux ni les cinq autres magasiniers qui étaient dans le bureau n'ouvrirent plus la bouche. Comme s'ils s'étaient donné le mot, à intervalle d'un quart d'heure environ les uns des autres, ils étaient tous venus à l'entrepôt de Ciccio Lo Cascio et personne ne parlait de la vraie raison qui l'avait amené jusque-là : à soi seul, le fait qu'on se trouve dans le bureau de Lo Cascio voulait dire qu'on avait accompli son devoir. Mais ils ne pipaient mot aussi parce qu'ils savouraient de nouveau, intimement, minute après minute, la scène dont chacun à leur tour, ils avaient été les acteurs et ils en jouissaient avec une espèce d'avarice gourmande : peut-être, dans quelques jours, chez eux, au cercle, pour les amis, ils seraient disposés à raconter ce Nenè Barbabianca, tantôt la queue entre les jambes, tantôt faussement hardi, qui quémandait du soufre comme l'homme perdu dans le désert de l'eau au nom de Dieu.

Les seuls qui manquaient encore pour que cette réunion soit complète, étaient Filippo Ingrassia et Saverio Fede : c'est donc que Nenè Barbabianca n'était pas encore passé chez eux. Mais tout le monde pouvait jurer sur ces deux-là : ce n'était qu'une question de temps, et eux aussi passeraient le seuil de l'entrepôt de Lo Cascio, un large sourire aux lèvres.

La demeure des Barbabianca avait une particularité qui remontait à son précédent propriétaire, Fofò Cavatorta : toutes les fenêtres et les balcons donnant sur la rue baptisée depuis 1885 Quintino Sella, du nom d'un ministre des finances dont les Siciliens se souvenaient fort bien et, sans qu'il fût besoin d'une rue pour cela, avaient été soigneusement murés avec des briques et du mortier.

Fofò Cavatorta ne voulait pas courir le risque que son regard effleure, même involontairement, l'intimité de la maison voisine, celle des Ciaramiddaro : Dieu l'en préserve ! la vue des Ciaramiddaro s'affairant à leurs occupations quotidiennes – soutenait-il – lui aurait procuré d'indicibles nausées. Les Ciaramiddaro eux-mêmes se proclamèrent ravis de cette initiative de Cavatorta, tout en regrettant de ne pas avoir eu cette heureuse idée les premiers. Apincher chez Fofò Cavatorta, libéral et, à ce qu'il semblait, conspirateur, donnait à ces partisans des Bourbons et paroissiens fervents, de continuels étourdissements, comme si leur regard tombait sur les bouches béantes de l'enfer. Et à Vigàta, on riait et on parlait beaucoup de cette manifestation d'antipathie si originale entre les deux familles, elle était l'objet de récits contés presque avec fierté aux étrangers, auxquels toutefois, comme de bien s'accorde, on taisait les morts violentes pleines d'imagination, dues tantôt aux alliés des Ciaramiddaro, tantôt aux parents des Cavatorta, des morts qui régulièrement venaient gâter l'agréable bizarrerie de cette brouille. Ayant opportunément rejoint les partisans de l'unification après le débarquement des Mille, les Ciaramiddaro s'étaient momentanément rangés, tout en continuant à les regarder de travers, dans le même camp que les Cavatorta, garibaldiens « d'avant la marche », comme on le dirait quelques décennies plus tard des premiers fascistes. Mais la trêve avait été de si courte durée qu'on n'avait matériellement pas trouvé le temps d'enlever briques et mortier des fenêtres : les deux fils de Fofò Cavatorta avaient suivi Garibaldi à Aspromonte. Faux pas redoutable, qui avait valu à toute la famille Cavatorta l'exil à Malte et la vente publique de leurs biens. Mettant en avant la persécution longuement subie, dont les fenêtres murées étaient la preuve irréfutable, les Ciaramiddaro se prémunirent de leur droit de revanche : si on ne voulait pas commettre une injustice qui criait vengeance devant Dieu, la demeure des Cavatorta devait leur revenir. Mais ils avaient compté sans don Totò Barbabianca, lequel considérait que cette maison était la seule qui convînt à sa toute fraîche dignité de notable. Pendant une semaine, presque sans reprendre sa respiration, don Totò s'était employé à étaler sur la place publique le passé de partisans bourboniens des Ciaramiddaro, y compris un de leurs cousins, qu'en fait les Ciaramiddaro ne connaissaient ni d'Ève ni d'Adam, lequel aurait été pendant un certain temps – au dire de don Totò – ami intime et, Dieu sait quoi encore, du redouté chef de la police des Bourbons, Salvatore Maniscalco. Ce furent sept très longues journées pour les Ciaramiddaro qui en étaient ressortis si bien éreintés qu'ils étaient immédiatement devenus les plus fervents partisans du droit presque divin des Barbabianca d'acheter tout Vigàta s'ils le voulaient. Ayant pris possession de l'ex-demeure des Cavatorta, don Totò y avait englouti en modifications et embellissements la somme vertigineuse de soixante mille lires, et en dépensant cet argent, il avait acheté du même coup le droit de l'appeler désormais de son nom. Cependant, il ne rouvrit pas les fenêtres ni les balcons donnant sur la via Quintino Sella, non pas parce qu'il éprouvait, comme le propriétaire précédent, des sentiments de dégoût caractérisé à l'égard de ses voisins, mais simplement parce qu'en toute occasion de l'existence, moins on vous regarde, mieux c'est. Néanmoins il y avait toujours eu, sur la via Quintino Sella, une ouverture que personne n'avait jamais eu l'idée de murer, et elle continuait d'exister : une lucarne qui servait à éclairer le grenier, et le grenier, on le sait, n'était pas un endroit qu'on fréquentait beaucoup.

N'était pas : parce que quelque temps après l'arrivée dans la demeure des Barbabianca de madame Helke, l'épouse suisse du plus jeune fils, Gaetano dit Stefano, cet endroit était devenu l'objet d'une fréquentation bi-hebdomadaire, le mardi après déjeuner et le jeudi matin. Blonde comme il se doit pour une nordique, madame Helke que, la première année de son séjour à Vigàta, ses nouveaux parents appelaient « la bonniche » (car elle avait vraiment été serveuse : Gaetano l'avait rencontrée comme telle dans l'hôtel suisse où il logeait, et il s'était entêté à l'épouser, menaçant de se suicider et de causer aux membres de sa famille d'éternels remords) avait peu à peu conquis, sinon l'affection, du moins la non-hostilité des Barbabianca grâce à la douceur de son caractère et à son indéniable bonté d'âme. Entre autres, elle s'était attelée à la tâche d'apprendre à parler au fils de Mariannina, la bonne, qui avait donné le jour à un mami sourd-muet. Quand Helke était arrivée de Suisse chez les Barbabianca, le fils de Mariannina, Totuzzo, avait déjà quinze ans, mais il en paraissait vingt-cinq et tout le monde estimait qu'il était irrémédiablement idiot. Même les autres garçons pensaient qu'il avait des grillets dans la tête mais ils n'en nourrissaient pas moins une jalousie secrète pour certains de ses attributs virils plus asiniens qu'humains. S'étant chargée d'éduquer Totuzzo à la parole, madame Helke, dans l'obligation de parler fort pour se faire comprendre du jeune sourd, avait décidé d'aménager une partie du grenier où elle pouvait agir à sa guise sans avoir peur de gêner. Et sa voix gutturale, qui parfois s'abandonnait à une douce cadence de poitrine qu'on aurait pu confondre avec le roucoulement des colombes nichées dans les gouttières du toit, avait fini par ensorceler Andrea, dix-sept ans, l'héritier des Ciaramiddaro, qui, dans une des pièces sans lumière servant de débarras, avait tout renversé pour libérer la fenêtre et, posté là, pouvait deux fois par semaine jouir de la vision partielle de madame Helke, laquelle évidemment fatiguée par ses efforts d'enseignante, venait de temps en temps devant la lucarne du grenier d'où on voyait les toits de Vigàta et la mer à l'horizon. Elle peinait, madame Helke, elle se donnait du mal : Andrea en était persuadé car, chaque fois que la jeune femme s'approchait de la lucarne, dans le champ de vision limité dont il disposait, étant donné que la pièce où il avait tout renversé était en contrebas du grenier des Barbabianca, il la voyait se mettre à trembler, porter une main à sa gorge, ouvrir la bouche comme si elle manquait d'air, devenir plus blanche que de la craie puis d'un rouge pivoine, et s'agiter, chardonneret qui passe la tête entre ses barreaux et essaie en vain de les écarter dans une tentative d'évasion qu'il sait pourtant inutile. Et dans ces moments-là, Andrea rêvait les yeux ouverts de posséder le cheval d'Astolphe, l'épée de Roland : il tuerait alors en deux temps trois mouvements ces Barbabianca détestés, libérerait la douce prisonnière que les illustrations de Gustave Doré, aperçues à la dérobée, lui suggéraient nue et s'enfuirait avec elle sur la lune.

« Ça avance avec Totuzzo ? demandait parfois Gaetano à son épouse.

– Totuzzo accomplit des progrès », répondait madame Helke dans son italien de manuel.

Mais elle ne précisait pas lesquels. Totuzzo faisait des progrès surtout quand, fatiguée d'avoir trop parlé, elle allait prendre l'air, les coudes sur le rebord de la lucarne : ça faisait un an que la jeune femme prenait soin de lui quand Totuzzo, dans l'excitation de la découverte inattendue d'un univers qu'il avait confusément imaginé et qui maintenant se présentait à lui dans toute sa resplendissante réalité, avait dit presque distinctement : « mon trésor ». Ça en faisait maintenant deux et il articulait avec assurance : « donne-le moi », « donne la moi », « prends-la ».

« Cinq mille quintaux ? Dans la journée ? Mais vous êtes devenu fou ? » demande Filippo Ingrassia feignant d'être impressionné. Nenè Barbabianca est réduit à l'état de panosse : il a ôté sa veste, il la tient à la main serrée par le col et comme il gesticule, on dirait qu'il tord le cou à quelqu'un. Sur sa chemise, la sueur a dégouliné de ses aisselles jusqu'à la taille, ses chaussures qui étaient noires sont maintenant blanches de poussière.

« Même demain, ça irait », dit-il la gorge sèche et il passe sa langue sur ses lèvres qu'il sent brûlantes et crevassées.

« Ce n'est même pas la peine d'y penser », répond avec conviction Filippo Ingrassia qui en même temps se complimente d'être capable de jouer si bien la comédie.

Pendant qu'il enregistre ces réponses que du reste il a prévues, Nenè Barbabianca reçoit la confirmation de ce qu'il sait déjà, à savoir qu'il y a une nette progression de l'impolitesse dans les réponses négatives qu'il reçoit. Après la fausse courtoisie des premiers refus, qui de toute façon étaient tous motivés par des excuses et des impossibilités, il en est arrivé maintenant à encaisser des refus secs, en moins de deux heures, il a déchu de sa position de personne respectée à la condition de gêneur encombrant dont il est facile de se débarrasser d'un coup de pied, comme on fait d'un chien. La navette que les bistauds font sûrement d'un entrepôt à l'autre, en le battant de vitesse dans ses choix, doit conforter et stimuler encore plus les derniers magasiniers qu'il lui reste à voir : certains de la solidarité, de l'unité retrouvée – car la veille encore, ces charipes s'étaient aveuglément entre-déchirées – maintenant ils ne sauvent même plus la face devant lui, ils l'expédient vite fait bien fait. Ils sont convaincus de renifler déjà sur lui l'odeur de mort.

« Plie, ô jonc, c'est la crue », pense Nenè, alors que Filippo Ingrassia ne se lève même pas pour le reconduire à la porte. Et en pensant à ce proverbe, il fait un vœu : pouvoir, comme le jonc après la crue justement, redresser la tête.

Au troisième étage de la demeure des Barbabianca, juste au-dessous du grenier où son épouse se livrait bi-hebdomadairement à l'exercice charitable de son enseignement au profit de Totuzzo, Gaetano dit Stefano, derrière des volets fermés, la tête abandonnée sur le rebord d'un prie-dieu marqueté qu'il avait fait venir d'une église miraculeuse de Palerme, priait avec ferveur. Sa chambre ne révélait rien du commerce auquel son père don Totò et son frère Nenè se consacraient, pas de registre, pas de livre comptable, pas de bordereaux de commande de soufre. Accrochées au mur, des centaines d'images pieuses, adaptées à toutes les situations, prêtes à l'usage, observaient et guidaient le déroulement quotidien de l'existence de Gaetano : sainte Lucie qui protège la vue, saint Calogero della Marina qui fait des miracles soir et matin, saint Antoine qui pour une messe fait retrouver les objets égarés, et ainsi de suite. Il y avait sous chaque image un minuscule autel de bois où on allumait une veilleuse en fonction du miracle particulier requis : et comme huit ou neuf demandes de grâce se chevauchaient, l'obscurité venant, la chambre prenait des allures de cimetière vu la nuit. « Le caquenano de mes fils », l'appelait don Totò tout à fait résigné, avec un mélange d'affection et de mépris. D'ailleurs la chose lui donnait d'une certaine façon des titres de noblesse, en effet à Vigàta, il n'y avait pas de famille noble dont au moins un membre ne se vouât à de singuliers exercices comme par exemple manger de la merde ou tenter vainement d'enculer les mouches. Ce fils de maintenant vingt-cinq ans, tard venu alors qu'il croyait son fusil définitivement déchargé, avait été un éternel souci et rien qu'à le regarder, albinos, les jambes en manches de veste (mais de qui tenait-il, nom d'un rat ?), les bras vous en tombaient. Il était tellement gracile et albinos qu'il se fatiguait rien qu'à apincher la nourriture dans son assiette et qu'il se laissait tomber à terre, mort de fatigue, si par hasard il devait respirer un peu plus fort. Envoyé en Suisse pour ses études, chimie comme son frère, il avait tout de suite prouvé qu'il était incapable de se concentrer et ses professeurs de Zurich avaient pris la peine d'écrire à don Totò en lui demandant s'il voulait vraiment voir son fils défunter. Et c'est ainsi que Gaetano était rentré à Vigàta après deux ans à l'étranger, ramenant dans sa famille une femme pas de chez nous dont il valait mieux ne pas parler, quand don Totò, lui, avait pensé pour ce fils-là à un mariage avec la nièce de Blandino Torrevecchia qui, d'accord, boitait un peu, mais ne s'en trouvait pas moins héritière de quatre mines. Gaetano n'était pas seulement revenu de Suisse avec une femme dont on ne comprenait pas si c'était du lard ou du cochon, certes pas marijordonne ni gongonneuse pour un sou, et bien profitable, mais irrémédiablement suisse, il en avait rapporté aussi cette espèce de manie religieuse qui ne réjouissait guère que le père Cannata, l'autre curé de Vigàta, étant donné que le père Imbornone, lui, se foutait royalement de toutes ces histoires de dévotion. Au travail, la faiblesse de caractère de Gaetano ressortait invariablement, au premier souci, à la moindre embierne, à la plus petite vague : comprenant à un certain moment que quelque chose ne tournait pas rond, il quittait en toute hâte le bureau où don Totò l'avait mis à faire la comptabilité, puisqu'il était bon au moins à ça, et il fonçait à la maison s'agrogner dans sa chambre. C'est à ces retours précipités plus ou moins fréquents que dame Matilde, l'épouse de don Totò et mère de Nenè et Gaetano, avait appris à suivre la marche plutôt aventureuse de l'entreprise de son mari car on ne lui disait rien directement, les femmes n'étant bonnes, comme chacun sait, que pour le lit et la cuisine.

Voilà le pourquoi du comment dame Matilde était maintenant derrière la porte de la chambre de Gaetano qui s'était fermé à clef, pour en apprendre un peu plus.

« Veux-tu m'ouvrir ?

– Non.

– Ouvre, Stefano chéri, mon fils.

– Non, il faut d'abord que je dise quinze dizaines de rosaire.

– Mais que se passe-t-il ?

– Rien. Ne me faites pas perdre mon temps. »

Et Gaetano chéri continuait à prier, serrant les grains de son chapelet dans sa main droite, les lèvres pincées, il avait allumé toutes les veilleuses sous ses images pieuses, et il tremblait sans pouvoir s'arrêter.

« Protégez-nous, faites un miracle, un seul miracle, sauvez-nous de la faillite. »

Monsieur le Procureur du Roi, Un orgueil naturel et l'héritage d'antiques traditions me forceraient à me présenter à votre vue et à vous dire en face, en toute honnêteté, ce qu'en revanche je me trouve obligé de confier à une feuille de papier qui, de surcroît, ne comporte aucune signature. Je n'y appose pas ma signature, non par crainte de m'exposer, ainsi que ma famille, aux plus graves violences, puisque le sieur Barbabianca, dont je vais vous parler, est un triste individu, capable de toutes sortes d'infamies, mais par prudence et nécessaire précaution. Si j'ose vous importuner en personne plutôt que de m'adresser à quelque autre représentant de l'autorité placé sous votre responsabilité, il faut y voir la raison qui d'une façon générale rend mes compatriotes réticents quant il s'agit d'éclairer les fonctionnaires responsables au sujet de faits et de circonstances qui, en n'importe quel autre endroit du royaume, susciteraient un large concours de témoignages et de déclarations. Ne croyez-vous pas en effet que, si l'autorité inspirait plus de confiance chez les citoyens, beaucoup de ceux qui aujourd'hui ne lui viennent pas en aide par peur de la puissance bien réelle des individus sans scrupule, et parce qu'ils sont convaincus de la faiblesse et même de la complicité de certaines autorités, en revanche obéiraient à la loi s'ils se trouvaient en face de fonctionnaires plus habiles et plus forts, ou tout au moins plus circonspects ? N'a-t-on pas noté souvent chez les fonctionnaires, ou chez certains d'entre eux, des négligences récurrentes, une haine du travail, une paresse excessive et une mollesse dans l'accomplissement de leur service, un manque d'assiduité et de zèle ? Et combien de fois est-il arrivé que prête à redire la fréquentation par des fonctionnaires d'individus considérés comme douteux par l'opinion publique ? Mais mon propos ici n'est pas d'intenter un procès à la façon dont les affaires publiques sont menées – encore qu'en bon Italien j'aie non seulement le droit mais aussi le devoir de m'en plaindre – mais seulement de vous signaler, Monsieur le Procureur, une présomption de dol dont il convient que vous soyiez informé à temps, et qui confère à la déclaration que je viens de faire une valeur et un relief tout particuliers.

Depuis de longues années, la Maison Salvatore Barbabianca et Fils couvre de boue la réputation cristalline des commerçants et des magasiniers de Vigàta, par sa conception erronée de ce que peuvent être des pratiques commerciales dignes et honnêtes. Mais mon intention n'est pas de vous soumettre des mots, mais des faits, qui seuls sont susceptibles d'intéresser un indéfectible tuteur de la loi :

1) altération de soufre
2) usurpation de terrain public et privé pour l'installation d'entrepôts
3) manque de capitaux circulants et recours à des crédits de complaisance
4) prélèvements sur les fonds de l'entreprise pour un usage personnel
5) extorsion de signature à la sœur de Salvatore Barbabianca, épouse Caruso, agissant par procuration pour le compte de son conjoint aveugle, pour des sommes importantes
6) deux moratoires

Mais l'événement qui m'incite à rédiger cet exposé se déroule aujourd'hui, 18 septembre 1890. Le navire russe Ivan Tomorov *est sur le point d'accoster dans ce port pour charger cinq mille quintaux de soufre stockés par la maison Emil Jung dans les entrepôts du sieur Barbabianca et que ce dernier a indûment vendus à un tiers, à cinquante pour cent de leur valeur réelle, pour les réaliser rapidement. Pas un seul des magasiniers de Vigàta n'a voulu concourir aux méfaits du sieur Barbabianca et de ses fils en leur prêtant ou vendant le soufre nécessaire pour couvrir ce déficit. Je n'ai pas le don de prophétie mais une longue expérience de malversations subies m'autorise à vous communiquer le déroulement prévisible des faits :*

1) Circonvenu par des promesses et des cadeaux, le capitaine du bateau russe ne portera pas plainte.

2) En butte aux menaces et manœuvres d'intimidation qui viendront y compris d'hommes politiques éminents dont le sieur Barbabianca s'est fait le soutien actif, la maison Jung s'abstiendra d'intenter un procès.

3) Dans leur tolérance complaisante, les autorités locales se garderont bien de procéder d'office en l'absence d'une plainte souscrite et signée, et même si c'était le cas, il faudrait voir si ladite plainte ne risquerait pas de se retourner tout entière contre son auteur…

Il s'interrompit brusquement, le porte-plume levé, qu'est-ce qu'il écrivait là, bon Dieu ! Faut dire que le sang lui bouillait derrière les oreilles, et qu'il ne voyait même plus dans quoi il était après s'engarier. Heureusement qu'il s'en apercevait à temps. D'abord, c'était qui ce procureur auquel il s'adressait ? On le disait intègre, d'accord, mais on ne sait jamais. D'un autre côté, il n'y avait pas lieu de se donner peur : il ne mettrait en aucun cas sa signature en bas de cette lettre. D'accord, mais les autres, ils étaient tombés de la dernière pluie peut-être ? Ils étaient capables de convoquer des experts en calligraphie, des spécialistes venus de l'extérieur qui le montreraient du doigt sans même le laisser parler. Cela faisait dix ans qu'il écrivait des lettres, anonymes bien sûr, et chaque fois, le courage de les envoyer lui avait manqué. Et si cette fois était la bonne ?

« On ne sait jamais, se dit-il, mieux vaut attendre. »

Et avec regret, pendant que, de l'autre pièce, sa femme l'appelait déjà pour passer à table, il déchira la lettre encore humide d'encre.

« Mecieu, alors ? vous descendez manger ?

– Pas faim.

– Et moi, je fais quoi ? Je descends ?

– Non. Voit-on la fumée ?

– Pas encore.

– Donc tu restes.

– C'est pas pour la chose de dire, mais il y a des nuages de pluie qu'arrivent de l'ouest.

– Déparle donc pas, il y a un soleil à tomber raide !

– Oui maintenant, peut-être, mais dans pas longtemps vous allez sentir qu'il est parti.

– Et censément, s'il vient une singotte, tu tiendras le parapluie. Mais moi, je me dégrobe pas d'ici. »

Il s'assied, tout couame. Il pouvait s'attendre à tout sauf à un tel accueil, au visage que lui fait en ce moment Saverio Fede : il est venu à ses devants, il l'a pris par le bras, il l'a accompagné à son bureau et maintenant il lui tend un verre d'eau avec du *zammù** qu'il boit d'un trait. Entrepris comme il est, les mots lui manquent.

* Liqueur de cumin qui se boit avec de l'eau.

Alors c'est Saverio Fede qui, assis en face de lui, s'enquiert avec un large sourire de ce à quoi il doit le plaisir de sa visite. Et lui perd encore du temps, alors que les deux bistauds passent devant le bureau, disent au revoir et sortent : l'heure d'aller manger est arrivée.

« Revenez bien dans une demi-heure, y'a à faire aujourd'hui », crie Saverio Fede derrière eux, puis, se tournant de nouveau vers Nenè Barbabianca : « Alors, don Nenè, que vous arrive-t-il ? »

C'est comme si à l'intérieur de lui une guille petait, un flot de soupirs et de paroles jaillit, et pas moyen d'y retenir, il débonda toute l'amertume et la rage de cette matinée, presque lisibles désormais aux commissures de ses lèvres, blanches de salive. Après avoir finalement formulé sa requête pour les cinq mille quintaux, il s'appuie soudain sur le dossier de sa chaise et c'est tout juste s'il se rend compte qu'il ferme les yeux.

Comme un bon samaritain, Saverio Fede se lève, revient avec un autre verre de *zammù*, attend qu'il l'ait tout bu, mais sans dire un mot, et il continue à le regarder toujours avec le même sourire. C'est avec un sursaut de stupeur qu'il s'aperçoit cette fois qu'il a vraiment fermé les yeux, qu'il s'est endormi quelques secondes : c'est le mauvais tour que lui ont joué l'entrepôt désert et silencieux, le regard amical de Saverio Fede, le fait de s'être déchargé de toute cette tension, mais maintenant il est bien réveillé, et il comprend enfin combien est peu naturel le silence du magasinier qui, légèrement penché en avant, les bras posés sur ses genoux, garde les yeux fixés, rivés sur lui.

« Et alors ? » demande-t-il à son tour, mais l'autre se quèse, ne répond ni quoi ni qu'est-ce.

« Et alors ? » répète-t-il, et cette fois il quinche, en commençant à se lever, comme s'il prenait peur car, tout par un coup, lui revient une scène qu'il a vue à la campagne quand il était mami, il y avait un serpent tout vert qui apinchait une souris, avec les mêmes yeux que Saverio Fede, froids, immobiles, puis il n'y en eut que pour une main tournée et plus de souris, elle était déjà à moitié enquillée dans la gueule du serpent. Et en finissant de se lever, il comprend qu'il ne peut pas y avoir de réponse et que, à quincher et s'affoler comme ça, il ne fait qu'augmenter le plaisir et la satisfaction de l'autre. Il est tombé dans le piège, et c'est le pire de tout : on y est, le vinaigre, c'est bien ça ? L'éponge imbibée de vinaigre.

Dans sa bouche, le goût du *zammù* se fait amer comme un poison mais, récupérant forces et courage de tout son corps qu'il sent se pétrifier en faisceaux de nerfs et de muscles, il rajuste son gilet avec un calme apparent et prend congé de Saverio Fede en s'inclinant légèrement.

« Merci quand même. Au revoir. »

Il tourne les talons et sort, mais dès qu'il se retrouve dehors, il sent ses jambes flageoler et le froid qui le pénètre et ce n'est pas seulement à cause de ce qu'il vient d'endurer, le ciel s'est presque entièrement couvert, un coup de vent plaque sur sa peau ses vêtements pleins de sueur.

Michele Navarrìa mangeait. Il vivait seul à la sortie de Vigàta, dans une maison au milieu d'agaves pointus et de pousses de *papello* épineuses, les gens disaient que c'était l'endroit qu'il lui fallait, gare à vous en approcher car il pouvait bien vous arriver en traître une flèche de mots qui, sûr de sûr, vous emboconnait, tant cet homme portait naturellement en lui de fiel et de venin. Un caractère d'ours, jamais de collagne avec personne : de toute façon, il aurait répondu négativement à Nenè Barbabianca, qui aurait eu beau siffler quand l'âne ne veut pas pisser. Mais savoir que, ajouté à celui des autres, son refus allait nuire concrètement lui procurait une immense satisfaction. Si bien que Nunziata, sa bonne, que d'habitude il renvoyait dans sa cuisine en l'ablageant de malédictions qui volaient à ses oreilles comme un essaim de guêpes en furie, ressortit complètement ébravagée de la salle à manger où elle était venue débarrasser l'assiette de pâtes qu'il avait vidée, car elle l'avait entendu dire, clairement et distinctement :

« Nunzià, elles étaient bonnes tes pâtes. »

Le père Imbornone mangeait. C'était sa soupe habituelle où il avait cassé une demi-douzaine d'œufs tandis qu'à la cuisine il y avait un demi-cabri au chaud dans le four et, sous le robinet, une demi-pastèque.

« Je mange toujours tout par moitié, comme ça après, je ne suis pas coufle. »

Lui aussi, comme Michele Navarrìa, mangeait seul, comme de juste pour un prêtre : c'était Filippa, la sœur du sacristain, qui s'occupait de sa cuisine. Bien qu'il n'eût ni frère ni sœur, il avait reconnu pour neveux, à Vigàta, quatre jeunes gens qui lui donnaient considérablement de l'air, ayant tous les quatre le même bouton noir et poilu à l'aile gauche du nez. Mystères du sang qui, surtout en Sicile, semble suivre le parcours souterrain et tortueux des anguilles. Les limes douces disaient que si on allait se confesser au père Imbornone, on avait autant fait de se tirer une balle dans la tête. Même s'il n'y gagnait rien, comme ça, juste pour se tenir en forme, il était capable de déclencher une catastrophe en portant à la connaissance d'une épouse la trahison de son mari. On peut imaginer ce que ça donnait quand, dans son confessionnal où d'ailleurs on ne peut pas dire qu'il eût mis racine, un brave gone venait lui confier quelque chose dont il pouvait tirer profit. Le père Imbornone mangeait et il ne pouvait pas savoir qu'un mois plus tard, entrant pour lui servir son demi-cabri, Filippa le trouverait la tête dans sa soupe aux six œufs : syncope. Et par conséquent il ne saurait jamais que, apprenant sa mort, un homme simple, qui jusqu'à ce moment-là ne s'était occupé que de moulins à farine et de fabriques de pâtes, serait touché de façon fulgurante par la grâce de l'art : on ne peut la définir autrement, comme on ne peut expliquer autrement que cet homme, sorti de chez lui en trombe dès qu'il avait appris la nouvelle, eût rétribué le crieur municipal pour qu'il annonce partout :

« Les ceussses qu'ont de paquets pour l'enfer, z'avez le curé Imbornone qu'a rendu sa pièce », c'est-à-dire qu'il prenait la peine d'avertir ses concitoyens qui avaient des parents en enfer à qui ils voulaient envoyer quelque colis, de saisir au vol cette occasion, car la destination du père Imbornone ne faisait pas l'ombre d'un doute.

Ciccio Lo Cascio mangeait. Il en voulait à mort à don Totò Barbabianca pour lui avoir pris une puce sur le nez dans l'affaire de la mine de Trasatta. Et malgré les protestations de sa femme Elvira, il s'était versé un plein verre de vin, cela faisait vingt ans qu'il n'y touchait plus, à cause de son foie, et maintenant, à petites gorgées, entre chaque plat, il le dégustait en se pourléchant.

Filippo Ingrassia mangeait. On le surnommait « le poète » depuis qu'aux élections précédentes, il avait déclamé quatre vers voués au consensus populaire :

Nous avons mangé
nous avons bu
à bas Gallo
vive Scaduto.

Et maintenant, des rimes en désordre dansaient à nouveau dans sa tête, une épitaphe qu'il lui fallait composer à temps, avant la fin de la soirée, pour la mettre sur la tombe de la Maison Barbabianca.

Paolo Attard mangeait. Il habitait à l'étage au-dessus de Filippo Ingrassia. On le surnommait « le furet » pour l'adresse avec laquelle il savait débusquer les intentions cachées des autres et aussi pour la façon ondoyante qu'il avait de marcher. Ennemi mortel d'Ingrassia en politique – quand ils se rencontraient dans l'escalier, c'était chaque fois un problème, ils disaient toujours qu'ils allaient déménager mais l'habitude et la cagne étaient plus fortes –, Attard avait neutralisé son quatrain, le génie étant de ne pas avoir, pour ce faire, désamassé son phosphore :

Nous avons mangé
nous avons bu
vive Gallo
à bas Scaduto.

« De toute façon, si on change l'ordre des facteurs, le produit ne change pas », avait commenté, en entendant ce duel poétique, le marquis Curtò di Baucina qui était maintenant en train de manger une purée de légumes et un verre de lait *(Tous les mêmes, les politiques, toujours prêts à enculer le peuple).*

Homme de contradictions : autant il était attaché au plus petit centime, capable de faire tirer sur quelqu'un pour une poignée de choux, autant il était audacieux et large d'esprit dans les idées de réforme sociale qu'il aimait professer au Cercle des Nobles. Et il mettait une telle force de conviction dans ses propos qu'il passait pour un authentique révolutionnaire, non seulement auprès des gens de son monde, mais également aux yeux des ouvriers de ses mines qui, pour un peu, se seraient dits contents d'être moins bien payés, du moment qu'ils avaient pour patron un monsieur aussi libéral.

Tout le monde mangeait, d'Alajmo à Zizza. Mais on ne mangeait pas comme les autres jours, ceux qui d'habitude s'y prenaient doucement, maintenant allaient vite, et le contraire ; ceux qui buvaient du vin, n'ingurgitaient cette fois que de l'eau, et le contraire ; ceux qui ne mangeaient qu'un plat, là avaient voulu aussi une entrée, et le contraire.

Don Angelino Villasevaglios, lui, ne mangea pas. Sur sa terrasse, il avait d'abord rôti au soleil et maintenant il s'était fait apporter une couverture par Nino car le temps était vraiment en train de changer.

Le prince de Sommatino ne mangea pas. Immobile dans un fauteuil, il était perdu dans la pensée du mouvement perpétuel.

Masino Bonocore ne mangea pas. Tout benoni, pique-plante devant sa fenêtre ouverte, il sentait son sang se délier, recommencer à circuler librement dans chacune de ses veines et affluer régulièrement à son cœur.

« Combien sommes-nous d'habitants à Vigàta ? » s'était demandé un jour le baron Raccuglia en discutant avec Lemonnier, l'ingénieur, et avant que ce dernier ait eu le temps d'ouvrir la bouche, il avait déjà la réponse toute prête : « Nous, huit ou neuf familles, plus une trentaine de familles bourgeoises. Trois cents personnes tout au plus.

– Mais enfin, on compte neuf mille âmes ! avait rebriqué Lemonnier.

– On compte, on compte quoi ? s'était sincèrement étonné le baron. Le reste ne compte pas, cher ami.

– Peut-être qu'elles ne comptent pas, mais elles sont là, avait insisté Lemonnier, un peu irrité. Vous n'allez tout de même pas me soutenir qu'elles sont invisibles. »

Le baron l'avait regardé mais n'avait pas répondu, pris du doute soudain que ce Piémontais ne cachât habilement, sous des apparences courtoises et civilisées, l'âme d'un dangereux agitateur. Mais le baron avait raison et l'ingénieur tort : les huit mille sept cents autres âmes – et franchement c'était excessif de les appeler ainsi – étaient bien là, mais elles comptaient tellement pour rien qu'autant valait ne pas les compter.

« Venez donc avec moi un jour de grande activité de chargement au port », avait écrit le professeur Baldassare Marullo, dans son remarquable ouvrage *Vigàta. Ses origines probables, son développement, ses activités et ses besoins*, « quand souffle un fort sirocco. Dans un espace réduit, c'est un fourmillement d'hommes, de chariots, de pontons ; ce sont des barques accostées les unes aux autres, où les hommes grouillent dans une ondulation ininterrompue, des chariots arrivent et repartent, des cris se mêlent. Il faut entièrement réviser la façon dont, à Vigàta, on charge et décharge le soufre, afin de la rendre plus compatible avec la dignité humaine : je ne peux pas ne pas parler d'atteinte au sentiment de la solidarité humaine pour ce qui est du travail des *hommes de mer*, les porteurs. Les vieux, les jeunes, des enfants même, ploient sous les charges qu'ils portent sur leur dos. Le premier s'approche des débardeurs de qui il reçoit son chargement : il tend sa première corbeille, une deuxième, une troisième, puis c'est parti, au pas de course. Au premier porteur succède un deuxième, au deuxième un troisième, et ainsi de suite dix, vingt, cent, répartis le long du front de chargement, toute la journée, comme des navettes de métier à tisser, de la bascule ou du chariot à la barque, et retour, sans jamais se plaindre, échangeant des encouragements, des bourrades et même des plaisanteries. »

Pas « compatible avec la dignité humaine », donc. Et, aux yeux du baron, quand on faisait des choses qui n'étaient pas dignes d'un homme, on n'était pas un homme et on ne pouvait jamais l'être : peut-être parce que le professeur Marullo avait omis de dire qu'à cause de la chaleur et de la sueur, la corbeille ou plutôt les deux ou trois corbeilles dont chaque porteur se chargeait, provoquaient une plaie à l'endroit où elles appuyaient, entre le cou et l'épaule, et que la chair à vif saignait à chaque nouveau chargement.

« Ne faites donc pas une tête pareille », avait dit le baron Raccuglia quand Lemonnier, en voyant cette scène pour la première fois, s'était montré déconcerté. « Eux, ce petit peu de sang ne les impressionne pas. Au contraire, ils en sont contents.

– Contents ?

– Mais oui, parce que cela signife qu'ils ont du travail. Et d'ailleurs quand ils chôment, ils disent : Ma plaie est guérie.

– Je vois.

– Et puis, c'est sans danger, vous savez ? Soufre et eau de mer : deux désinfectants qui n'ont pas leur pareil. »

Et en même temps que les hommes de mer, que ces porteurs, il y avait aussi, au nombre de ceux qui ne comptaient pas, les charretiers, ou plus exactement les conducteurs de chariot, car ni le cheval ni le chariot ne leur appartenaient, abrutis par le trajet, toujours le même sans décesser, du dépôt de soufre à la plage et de la plage au dépôt, car plus on faisait de voyages, plus on gagnait, mais gare à estropier le cheval ou à casser une roue, parce qu'alors c'était deux ou trois semaines de paie qui y passaient, quand déjà le pourcentage dû au propriétaire du cheval et du chariot n'en laissait pas grand-chose ; ne comptaient pas non plus les piqueurs des carrières et les mineurs des mines de soufre et de sel, dont les yeux pleuraient quand ils ressortaient au soleil et que la toux travaillait toute la nuit, leurs poumons martyrisés étant désormais davantage pierre et poussière que tissu de chair ; et ne comptaient pas les marins pêcheurs qui, au bout d'une journée en mer par gros temps où ils avaient risqué leur vie, rapportaient à la maison pour nourrir dix personnes un demi-kilo de rougets (« poisson peu recherché, parce que ces pauvres gens ne pêchent pas pour eux-mêmes », avait encore écrit le professeur Marullo). Mais puisque l'heure de manger était arrivée, même ceux qui ne comptaient pas étaient après manger. Toutefois, ils y mettaient une bonne dose de fantaisie pour pidancer le cœur léger, arriver presque à se convaincre que leur carrichon de pain de froment d'un kilo suffirait tout juste pour l'accompagnement dont ils disposaient et qui excédait rarement une sardine salée, un cacou cuit dur, une poignée d'olives. Alors on faisait pendre la sardine salée au bout d'un bâton, puis on mordait dans le pain et on léchait la sardine, un seul coup de langue, soigneusement passé : on ne commençait à jouer des dents sur la sardine qu'à la fin, quand le rapport entre quantité de pain et accompagnement était devenu de l'ordre du raisonnable. Ou bien on mettait dans la bouche le cacou entier, qui à cet effet devait être bien cuit, on le gardait un peu entre langue et palais et puis, toujours entier, on le ressortait et la saveur pouvait faire passer jusqu'à un demi-carrichon, sans compter qu'en cas de besoin le cacou était encore bon pour le lendemain. Les mieux lotis, ceux qui par tradition avaient droit à la « petite descente », c'est-à-dire à un accompagnement à la charge du patron, mangeaient de la *caponatina*, une salade de câpres, céleri et aubergines au coulis de tomates, arrosée de vinaigre et se sentaient dans tout leur pontificat. Il faut dire que ce 18 septembre tombait un mardi et que le mardi, les familles ne faisaient rien cuire : on n'allumait le fourneau domestique que le jeudi et le dimanche, pour les pâtes. Ils mangeaient et ne disaient pipette des événements qui agitaient Vigàta et dont ils avaient eu vaguement l'écho : « c'est celui qui vient en dernier qui doit nouer les fils », et eux ils viendraient toujours après les autres pour faire le travail ingrat, ils n'avaient aucun espoir de changer de condition, même s'il y avait des fous pour dire à voix basse qu'avec les Faisceaux les choses allaient changer ; « ce qui est, est ; c'est temps perdu d'y faire contre » : si eux ne rentraient pas dans l'horizon du baron Raccuglia, on ne peut pas dire que le baron Raccuglia rentrât dans le leur ; « le trognon qui ripe atterrit toujours dans le cul du jardinier » disait le proverbe et ils étaient des jardiniers.

Ce « Garibardo » par exemple, qui lui aussi, trente ans auparavant, était venu promettre monts et merveilles, ils ne le lui avaient pas envoyé dire :

On veut bien Garibaldi
mais on part pas soldats !
S'il nous fait soldats
on change le drapeau !

Et comment ça avait fini ? Ils s'étaient retrouvés sous les drapeaux et plus question d'en changer les couleurs.

À la mine de Trasatta, qui était à l'origine de la haine éternelle de don Ciccio Lo Cascio pour don Totò Barbabianca, Paolino Praticò, qui avait fini avant les autres de manger sa miche de pain accompagnée de sept olives, s'adossa contre un escarpement et se mit à chanter comme à son habitude :

Je trime du soir au matin,
Pire qu'un chien.

Et autour de lui les piqueurs, les terrassiers, les gosses avaient la tête penchée sur leur pain.

« Journée noire, journée amère », brougeait dame Matilde Barbabianca encore assise au bout de la table. Elle ne se sentait pas de se lever, même s'il n'y avait plus personne dans la salle à manger : Helke, après avoir pignoché deux feuilles de salade et un brison de fromage comme toujours, s'était hâtée vers le grenier pour le cours de Totuzzo ; son autre belle-fille, Marietta, n'avait rien voulu toucher, disant qu'elle attendait son mari, Nenè, mais quand ce dernier était arrivé, tout trempe de chaud, avec une mine de chien battu, il avait filé droit se fermer dans sa chambre au lieu de venir à table. Alors Marietta était allée à la cuisine prêter la main à la bonne. Stefanuzzo n'avait même pas pointé le bout de son nez, faut dire qu'il n'y en avait pas que pour une main tournée à dire quinze dizaines de rosaire, sans compter qu'il pouvait bien se mettre dans le coqueluchon de recommencer depuis le début, ce qui se passait avait l'air vraiment grave et non pas tant parce que Stefanuzzo et Nenè ressemblaient à deux souris dans leur trou qui ont vu le chat, mais parce que désormais il était clair que Totò ce jour-là ne viendrait plus à table. En cinquante ans de mariage, exception faite des fois où il n'était pas à Vigàta, jamais son mari n'avait manqué l'heure du repas. Dame Matilde n'avait jamais été une catolle, ni dans sa jeunesse ni après, mais là elle s'en marcourait presque : en cette circonstance, réciter un bon Ave Maria aurait peut-être eu un effet consolateur, étant acquis qu'elle ne croyait pas du tout aux miracles. Et c'est au moment où lui venait en tête une pensée cavalière *(de toute façon, Stefanuzzo prie pour nous tous autant que nous sommes, à lui seul il suffit, et largement)* qu'elle sentit dans son cou une légère gêne, comme si une mouche s'y était posée. Elle se retourna. Derrière elle, appuyé contre le buffet, se tenait Tano Sciarretta qui la regardait, mais dès qu'il vit que dame Matilde s'était retournée, il consacra toute son attention à se compter les poils de la main.

Commis, épaulant don Totò depuis la nuit des temps, Tano surnommé « la tombe » parce que c'était bien le bout du monde s'il prononçait dix mots dans la journée, avait été promu majordome après l'achat de la demeure des Cavatorta : mais plus qu'un majordome, Tano était une espèce d'homme de confiance, en même temps qu'un témoin et un acteur de tous les événements, petits ou grands, qui touchaient les Barbabianca. Jeune, Tano avait été, avec ses deux mètres, un sacré gabarit et même si les années avaient un peu courbé son dos, il pouvait continuer à regarder tout le monde de haut : avec le temps, son mutisme avait augmenté – l'effort qu'il faisait pour aligner les mots lui tordait la bouche, gonflait les rides autour de ses yeux –, ses cheveux avaient blanchi et il était devenu une espèce d'oracle, à qui recourir en cas de besoin. Comprenant que Tano n'était pas entré par hasard dans la salle à manger, dame Matilde fit ce que son serviteur attendait à coup sûr qu'elle fasse. Elle prit la parole.

« Alors Tano, je l'attends ?

– Non.

– Et pourquoi ?

– Parce que vous perdez votre temps. »

Il s'agissait donc bien, comme elle en avait désormais la certitude, de quelque chose de grave.

« Donc, d'après toi, il ne viendra pas du tout ?

– Non.

– Apporte-lui à manger, alors, je vais préparer un peu de viande dans une assiette.

– Non.

– Tu ne veux pas lui porter ça ?

– Non », et après une pause, pour s'excuser : « Il est capable de me jeter l'assiette au visage, et la viande avec.

– Mais que se passe-t-il ? On peut savoir ?

– Moi, je ne sais rien. »

Silence. Mais dame Matilde avait l'étoffe des bons chiens de chasse, elle ne lâchait pas facilement prise.

« Et si c'était moi qui allais au bureau ? »

Tano releva brusquement la tête, lui lança un regard à couper un clou, baissa de nouveau les yeux. Ne comprenant pas si ce geste était affirmatif ou négatif, dame Matilde fit preuve d'autorité.

« Alors ? J'y vais ? demanda-t-elle en changeant de voix.

– Comme Madame voudra. »

Elle venait de faire une erreur ; d'oracle, Tano était immédiatement redevenu le serviteur obéissant, celui qui ne se mouille pas et fait ce qu'on lui ordonne, sans donner son avis. Dame Matilde revint au ton qu'elle avait précédemment.

« Mais toi, Tano, qu'en penses-tu ?

– Moi je dis que ça vaut mieux. Vous y allez, mais ce n'est pas la peine de lui apporter à manger.

– Alors pourquoi dois-je y aller ?

– Parce que ça vaut mieux. »

À ces mots, dame Matilde sentit son cœur qui s'arrêtait, elle qui ne transpirait jamais perçut nettement des gouttes de sueur perler à son front et couler de chaque côté de sa bouche. Donc Tano voulait qu'en ce moment elle soit auprès de Totò : mais dans quel but ? Pour le réconforter ? Pour l'empêcher de faire une bêtise ? Elle se leva en prenant appui des deux mains sur la table et malgré ça, la tête lui varia. D'un bond, Tano fut à côté d'elle, prêt à la soutenir. Ils s'apinchèrent, les yeux dans les yeux.

« Je ne peux pas y aller, Tano, fit à voix basse dame Matilde. Si on me voyait ? On ferait rire tout Vigàta ! »

Comme le soleil avait disparu derrière les nuages chargés de pluie qui se pressaient à l'ouest, Blasco Moriones sentit qu'il pouvait enfin reprendre son souffle depuis trois heures qu'il filait à bride abattue, et le nœud qu'il avait dans la gorge se dénoua d'un seul coup, lui permettant d'arrêter la mule et de contempler, du haut de la colline de l'Homme Mort, le panorama blanc et rouge des maisons et des toits de Vigàta. Il apincha la mer qui avait forci, de grosses vagues s'écramaillaient sur la plage les unes après les autres, éclataient en gerbes d'écume très haut contre la jetée. Pourtant il se sentait encore vidé, la galopade n'avait pas complètement réussi à le calmer, à lui faire retrouver cet équilibre qui depuis toujours était sa vraie force. Il s'était mis en route pour Fela plein d'espoir, une trop longue expérience lui donnait l'assurance que, cette fois encore, les frères Munda ne feraient pas faux bond, il était parti certain de pouvoir reparaître devant don Totò en lui annonçant que tout était arrangé, qu'avant la fin de la nuit, les cinq mille quintaux de soufre prêtés par les frères Munda arriveraient à Vigàta d'une façon ou d'une autre, par la voie ferrée, sur des chariots, et même à dos d'homme s'il le fallait. Il n'avait jamais voulu se demander, comme tout le monde le faisait, pourquoi les Munda avaient toujours été aux ordres de don Totò. Une fois, d'une demi-oreille, il avait entendu une histoire compliquée. Don Gerlando Munda, le père des deux frères, aurait encore eu dans sa vieillesse un sommeil agité, rapport qu'il était amateur de chair fraîche et tendre : mais un jour, dans une fenière, la fille de Peppe Indelicato n'avait pas voulu se prêter à une certaine envie de don Gerlando, dont le surnom était « le Grec » parce qu'il sacrifiait volontiers à ce goût de l'envers dont on dit que les Grecs faisaient des folies. Bref, le ton était monté et le fait est qu'au bout du compte, don Gerlando avait perdu la tête et s'était retrouvé avec une morte entre les jambes. Par hasard, don Totò Barbabianca passait à ce moment-là tout près de la fenière et, sans dire ni quoi ni qu'est-ce, s'était occupé de tout, y compris d'un trou de trois mètres où flanquer la morte vu que don Gerlando, tout ébravagé, ne savait censément ni lier ni délier. Et par le fait, il était exact qu'un beau jour la fille de Pepe Indelicato avait disparu comme si elle n'était jamais née ; il était exact que Peppe Indelicato avait pu acheter à deux liards le pot une oliveraie qui appartenait à don Gerlando Munda et qu'il avait fait ses orges ; il était non moins exact que don Gerlando et don Totò, qui avant ne se disaient même pas bonjour, étaient devenus cul et chemise ; et il était tout aussi exact que don Gerlando, au moment de mourir, avait dit à ses fils : « Veillez à don Totò. »

Et les limes douces brodaient justement sur ce verbe, elles y passaient des heures entières comme les mouches sur la merde, débattant s'il fallait interpréter ce « veillez » comme « prenez soin » ou plutôt, et c'était l'avis dominant, comme « méfiez-vous ».

Attaché comme une sangsue depuis vingt ans aux bonnes et mauvaises fortunes de don Totò – ces dernières jusqu'ici toutes momentanées –, Blasco Moriones savait que cette fois le refus des frères Munda signifiait vraiment la fin, la cupelette assurée. À l'entrepôt de Fela, il avait insisté, il s'était entêté plus que son devoir ne l'y obligeait, s'acharnant à expliquer la conjuration qui s'était tramée à Vigàta contre don Totò, mais il s'était retrouvé en face d'un mur. Puis, au milieu de la discussion, une grande fatigue s'était abattue sur lui, il avait compris qu'avec ces deux-là, il n'ouvrait la bouche que pour faire du vent, même en faisant le possible et le compossible, il n'arriverait pas à agraper un gramme de soufre : manquablement don Ciccio Lo Cascio, qui avait oublié d'être bête, avait couvert ses arrières et avait su trouver un levier plus puissant que celui de don Totò pour faire aigre sur les frères Munda.

« Je comprends et apprécie votre dévouement envers don Totò, avait dit Mario Munda sans l'apincher, et en soi, c'était un signe. Mais vous devez aussi nous comprendre. Nous donnerions notre vie à don Totò s'il le demandait, mais du soufre, non, tels que vous nous voyez, nous n'en avons pas. Voulez-vous de l'argent ? Voulez-vous nos entrepôts ? Vous pouvez les prendre, ils sont à vous. Mais du soufre, nous n'en avons pas, et nous ne savons même pas où en trouver.

– Vous l'aimez comme un père », avait renchéri Fofò Munda, et lui, à ces mots, n'avait pas pu se retenir de faire un pas en avant : s'il n'y avait pas eu la galopade de Vigàta à Fela, la peur, l'énervement et la hâte, la phrase de Fofò Munda lui serait entrée par une oreille pour ressortir par l'autre. Mais qu'on lui dise finalement en face, maintenant, ce que depuis des années on racontait à voix basse à Vigàta et alentour : son père était un cocu complaisant et sa mère avait été la bonne amie de don Totò, sinon comment expliquer que Barbabianca, qui n'avait d'affection pour personne, l'avait toujours aimé, lui, au point de payer ses études et de le prendre dans son entrepôt à égalité avec ses fils, lui faisant même couper ses vêtements chez le même tailleur. Mais, à ce pas en avant, Fofò Munda avait senti le danger et s'était rétracté comme l'escargot qui rentre ses cornes dès qu'il approche d'un obstacle, murmurant seulement quelques mots confus de regret de ne pas être en mesure d'aider don Totò.

Toujours sur sa mule, Vigàta à ses pieds à encore une heure de route, Moriones se rendit compte qu'au moment d'apporter la mauvaise nouvelle à don Totò, ce n'était pas le courage qui lui manquait, mais le cœur : du reste, il savait qu'entre son patron et lui, les mots seraient inutiles, un seul coup d'œil suffisait et tout était dit. Il se sentait bien flape. Tout plan-plan, il descendit de la mule, légèrement étourdi, regardant autour de lui comme s'il ne reconnaissait pas l'endroit où il se trouvait, et dire qu'il y était passé et repassé un million de fois, et s'acassa contre un amandier. Sous sa main droite, il y avait une touffe d'oseille : perdu dans cette espèce de léger vertige, il en agrapa quelques tiges, les porta à sa bouche. Il avait toujours aimé, et maintenant encore, le goût de l'oseille, âpre juste ce qu'il fallait et rafraîchissant. Il se sentait le cœur de plomb et pourtant, avec ce goût dans la bouche, il fut soudain pris d'une envie de courir, de débarouler dans l'herbe ; le vide de tout à l'heure était après se remplir tout doucement d'une joie inopportune. Et la première chose qui lui vint à l'esprit fut une idée traîtresse : peut-être, lui aussi, sans le savoir, éprouvait-il de la satisfaction pour la fin prochaine de don Totò ? Et pourquoi, s'il n'avait jamais reçu de cet homme que des bienfaits ? Il venait de formuler cette question quand, à sa suite, le pénétra un éclair de certitude brûlante qui expliquait cette joie mieux que n'importe quel long raisonnement, s'il est vrai que parfois le sang se rebelle contre son propre sang, sans autre raison, parce que l'homme est homme et que la haine la plus forte et la plus secrète naît entre frères, entre père et fils. Ce fut un éclair, justement, qu'il se dépêcha d'oublier, en fermant les yeux un instant puis en les rouvrant pour apincher longuement le ciel qui désormais s'obscurcissait de toutes parts. Puis il poussa un profond soupir et voulut mettre la main à son gilet pour y prendre sa pipe. Mais son bras s'arrêta en chemin, paralysé : là où le gris du ciel se confondait avec le gris de la mer, bien haut comme si le mauvais temps ne l'atteignait pas, un filet de fumée noir comme de la poix coupait l'horizon en deux.

« *Gridu di malu tempu tra li gulfi...* », commença Simone Curtò di Baucina tandis qu'un coup de vent plus fort que les autres faisait trembler les baies du salon.

« Plaît-il ? fit Lemonnier.

– Cri de mauvais temps sur les golfes », traduisit aimablement le marquis et il continua : « Connaissez-vous Giovanni Meli, notre poète national ? Ah, c'est vrai, excusez-moi, vous ne pouvez pas comprendre le sicilien. C'est le premier vers d'un poème funèbre que Meli écrivit pour la mort d'un prêtre célèbre, Francesco Carì, qui enseignait la théologie dogmatique à Palerme et, peut-être pour cela, ne fut pas avare de sonnets et épigrammes qui donnaient un bon poil aux religieux et aux prêtres comme lui.

– Étrange, commenta Lemonnier.

– Et qu'y a-t-il de si étrange ? Prenez le père Imbornone : ne croyez-vous pas que Francesco Carì aurait pu écrire un volume entier sur lui ?

– Pourquoi me regardez-vous ? Seriez-vous après me passer au battillon ? demanda le père Imbornone en s'extirpant d'un divan et en s'approchant des deux hommes, son sorbet encore à la main et un cigare dans l'autre.

– Dieu nous en garde, dit le marquis. J'étais en train de réciter à notre ami Lemonnier le poème de l'abbé Meli pour Francesco Carì...

– Grand homme, interrompit le père Imbornone.

– Qui, Meli ou Carì ?

– Carì. Meli, je n'accroche pas.

–... et je me demandais si vous aussi, père Imbornone, après votre mort, dans mille ans, vous trouverez un poète digne, qui arrive à votre niveau.

– Ce ne sera sûrement pas notre concitoyen Filippo Ingrassia », dit en riant le père Imbornone sans relever l'insinuation : le succulent cigare du marquis le rendait tolérant, « car Ingrassia c'est raplapla, excusez la pauvreté de la rime, je pourrais lui dicter moi-même la poésie qu'il me faut, maintenant, en improvisant : *le père Imbornone est mort/voleur et faiseur de tort.*

– Allez, même si vous n'accrochez pas, c'est vraiment l'abbé Meli qu'il vous faut, dit le marquis.

– Eh non, mon cher, même pas lui. À la rigueur, quelqu'un comme Micio Tempio : *fora di mia li truci oggetti e l'iri/amu la Patria e cantu lu Piaciri.*

– Loin de moi les farouches objets et les ires »,

commença à traduire le marquis, mais Lemonnier continua : « j'aime ma patrie et je chante le plaisir.

– Bravo ! » dit le marquis. Puis se tournant vers le père Imbornone : « C'est vrai. J'oubliais. Vous avez toujours utilisé la grammaire de Pelosa, comme le père Siccia.

– Je n'ai pas les goûts du père Siccia, à Vigàta tout le monde le sait et peut vous le prouver ! fit le père Imbornone en changeant de tête et se mettant à faire vilain.

– Mais qui est ce révérend Siccia ? » demanda Lemonnier, un peu parce que depuis quelques minutes il ne comprenait plus rien et un peu parce qu'il avait découvert que ses interventions servaient à jeter de l'eau sur un feu qui, entre le marquis et le père Imbornone, avait tôt fait de s'embraser.

Les deux Vigatais le regardèrent, un moment en balan, puis ils éclatèrent de rire de collagne : le père Imbornone, pacan comme toujours, après avoir tapé du pied deux ou trois fois par terre en répétant : « Révérend ! Révérend ! », dut carrément courir poser son sorbet sur une desserte parce qu'il avait avalé la fumée du cigare de travers.

« Vous parlez d'un révérend ! C'est un personnage, comment dire, poétique, de Micio Tempio », expliqua le marquis qui s'était repris le premier, peut-être parce qu'il avait vu que leur réaction laissait Lemonnier tout couame. « C'est un curé qui pratique régulièrement la sodomie avec ses élèves. »

« *Du nom de Sodome brûlée/on l'appela sodomie/mais je ne comprends toujours pas/pourquoi c'est péché...* », chantonna le père Imbornone en essuyant ses larmes, le corps encore secoué de spasmes.

Et de se lancer tous deux dans une avalanche de citations dont Lemonnier ne comprenait que par intermittence le sens indubitablement obscène. Le matin, avant de quitter le cercle, le marquis les avait invités, le père Imbornone et lui, dans sa villa à la campagne, près de la colline de l'Homme Mort.

« Vous n'y êtes jamais allé ?

– Non.

– Vous verrez, mon cher Lemonnier, quel merveilleux panorama. »

Il y était allé et le « hasard du pot » annoncé s'était transformé en un mâchon de sept plats, mais pour les deux invités seulement ; pour sa part, le marquis n'avait voulu que sa purée de légumes et son verre de lait habituels.

Et alors, assis devant le feu de cheminée tandis que dehors l'orage se préparait, luttant contre la douce somnolence de la digestion, Lemonnier se détendit, baissa la garde un instant : avec les Siciliens, il lui fallait toujours être sur le qui-vive pour saisir les non-dits, les allusions, les sous-entendus qui constituaient le véritable message tandis que ce qui apparaissait comme le propos principal, explicite, n'était que diversion, poudre aux yeux. Mais ici et maintenant, l'invitation qu'il avait reçue s'était révélée être bien une invitation, rien de plus, l'occasion tranquille et agréable de se retrouver entre amis pour manger de bonnes choses et discuter de tout et de rien. Ils ne devaient donc pas être aussi méchants qu'ils voulaient bien le paraître, ces Siciliens qui, quelques heures plus tôt, avaient l'air de cannibales dansant autour du cadavre d'un ennemi et savouraient sans retenue la mauvaise fortune de Barbabianca alors que maintenant ils paraissaient l'avoir complètement oublié, ce Barbabianca, ou Romeres, puisque tel était son nom, et ils parlaient de poésie, riaient aux doubles sens qui, soit dit en passant, n'en étaient même pas, tout ça n'ayant qu'un seul sens et des plus clairs, toujours prêts à se dresser sur leurs ergots ou à tomber dans les bras les uns des autres. Infantiles plutôt, rien à voir avec la souche dont avait abusivement parlé ce Piémontais comme lui, le général Boglione : et s'ils étaient méchants, il s'agissait de cette méchanceté momentanée et superficielle propre aux enfants. Il ferma les yeux et allongea les jambes tandis que cette trêve imprimait sur son visage un sourire béat. Il lui fallut néanmoins les rouvrir aussitôt, en entendant Bastiano, le valet du marquis, qui s'était avancé sur le seuil de la grande porte du salon.

« Si Monsieur veut bien se donner la peine, on commence à voir la fumée du haut de la petite tour.

– Quelle fumée ? ne put se retenir de demander Lemonnier.

– La fumée du bateau russe, enfin. Ça fait deux heures qu'on l'attend », répondit Bastiano.

Comme un oiseau traîtreusement touché dans un vol superbe, Lemonnier retomba amèrement sur terre. Ainsi, tout s'expliquait, cette invitation, qui semblait si innocente, avait en fait une signification précise : la cérémonie cannibalesque autour de Barbabianca continuait, implacable, sans une bavure, sans une hésitation, et les conversations sur la poésie, la plaisante compagnie, étaient une façon comme une autre de passer le temps nécessaire pour que l'événement attendu survienne, atteigne sa pleine maturité. Il se sentit la bouche pâteuse.

En entendant Bastiano, le père Imbornone et le marquis s'étaient brusquement interrompus.

« Vous venez, monsieur l'ingénieur ? » demanda Simone Curtò di Baucina, avec un sourire cordial.

Ils se levèrent, traversèrent le bureau du marquis, se mirent à monter l'escalier en colimaçon qui conduisait à la tour, avec en tête le maître de maison qui montrait le chemin, derrière, le père Imbornone qui soufflait comme un phoque, de plus en plus fort à chacune des marches qu'il lui fallait gravir et en dernier, Lemonnier. À mi-chemin, haletant si fort qu'on se serait cru dans une forge, le père Imbornone s'arrêta, s'appuya contre le mur en continuant à se tenir à la rampe.

« J'ai en tête, dit-il, un autre poème de Micio. Et il m'est revenu autant à cause de la grimpette que nous sommes après faire qu'en pensant à la situation où se retrouve Totò Romeres.

– Celle de l'âne et du lion ! rebriqua incontinent le marquis.

– Je vois que vous me comprenez à demi-mot.

– C'est un poème, expliqua le marquis à l'intention de Lemonnier, qui parle d'un marché que passent un âne et un lion qui ont un bout de chemin à faire ensemble et qui, pour s'épargner de la fatigue, décident de procéder ainsi : le lion fait la première partie du trajet monté sur l'âne, et le contraire pour la deuxième partie. Or la première partie est toute en montée et, pour ne pas glisser en arrière, le lion plonge ses griffes dans la chair de l'âne. L'âne se plaint, il saigne et il a mal, mais rien à faire, un marché est un marché et pour rester sur son dos, le lion n'a pas d'autre moyen, ce n'est pas de la mauvaise volonté de sa part. Puis c'est la deuxième partie du chemin, et c'est l'âne qui monte sur le lion. Mais cette fois-ci, c'est de la descente, et l'âne risque de se casser la figure en glissant en avant. N'ayant pas les griffes du lion, mais seulement des sabots qui ne permettent aucune prise, l'âne n'a qu'une ressource… »

Et là, il s'arrêta, passant d'un coup d'œil la balle au père Imbornone.

«… sortir ce qu'on appelle le cinquième pied, le troisième chez l'homme, si je ne m'abuse », continua le père Imbornone, content comme Barabas à la passion, « l'enfiler d'un coup d'un seul au bon endroit sans s'occuper des cris du lion, s'y ancrer fermement et tenir tâti.

– Voilà : en ce moment, notre Romeres est comme ce pauvre lion dans la descente, après avoir été, pendant tant d'années, le lion dans la montée », conclut le marquis.

Ils éclatèrent de rire, Lemonnier inclus, et reprirent leur ascension.

« Sainte mère ! se dit Nino. Je m'endors sur le rôti que j'y ai pas vu plus tôt ! »

Il s'était mis à l'abri à l'arrière de la terrasse, sous une tonnelle dont le vent était en train de dépecer le treillis et, devant lui, accompagnant la fumée, avait aussi surgi le bateau tout entier, si proche dans l'oculaire de la longue-vue qu'on voyait quasiment les poils de nez des gens à bord. Don Angelino Villasevaglios était pique-plante sur son siège, au milieu de la terrasse, le menton sur la poitrine, son bugne vissé sur les oreilles pour qu'un coup de vent ne vienne pas rien l'emporter, un épouvantail à moineaux, on aurait dit. Nino eut l'impression qu'il dormait aussi solide qu'un mitron qui vient de pétrir. Il quitta la tonnelle à pas de poule pour s'approcher de la balustrade, partagé entre l'ordre de signaler la fumée dès qu'elle serait en vue, dont on lui avait rebattu les oreilles, et la tentation de laisser dormir son maître qui, du coup, se calmerait peut-être un peu car depuis le matin, il était plutôt dans ses noirs. D'un autre côté, s'il lui disait tout de suite que le bateau était après arriver, c'était toisé et ils pourraient redescendre à la maison, se mettre à la soute au lieu de rester dans ce vent fouilleret qui lui faisait partir les oreilles. Il venait de remettre la longue-vue à son œil quand il se donna la peur de sa vie : cinq doigts venus de nulle part lui agrapèrent l'épaule avec tant de force qu'il crut d'abord que c'étaient les dents d'un animal.

« C'est la fumée, t'i pas ? Ça y est ? »

Le teint terreux, don Angelino était arrivé près de lui et le secouait, alors que lui en était encore à se demander comment l'ancien avait fait pour se lever et se déplacer avec autant d'aisance.

« Oui. On voit même le bateau.

– Donne-moi la longue vue, vite. »

Nino la lui tendit en ouvrant les yeux comme un miron qui fait dans du sarron.

« Viens derrière moi. »

Nino passa derrière lui, sans dire ni quoi ni qu'est-ce. Il sentait don Angelino trembler en portant la longue-vue à son œil comme s'il avait une crise de malaria.

« Pointe-le sur la fumée. »

Prenant don Angelino par les épaules, Nino orienta son maître en direction de la fumée.

« Il détrancane complet, pensait-il en même temps, ça fait une éternité qu'il y voit plus rien ! Qu'est-ce qu'il regarde faire ? »

Et peu après il eut la confirmation que don Angelino perdait la carte quand il l'entendit dire distinctement, alors qu'il était désormais visiblement parcouru de frissons et qu'on ne comprenait plus si c'était le vent ou la fièvre qui le faisait brandigoler :

« Nino, je la vois ! Je vois la fumée ! »

Puis don Angelino se mit à rire.

Nino était destiné à vivre encore vingt ans ; il avait vu bien des choses et il allait en voir encore bien d'autres : mais ces moments, ancrés à jamais dans sa mémoire, allaient rester sans égal, et sous la forme du récit inchangé, invariable, qu'il en ferait, entreraient dans la légende de Vigàta. Cet éclat de rire donc, « comme si on frappait l'une contre l'autre deux boîtes de sardines vides », la longue-vue qui lui tombe des mains et va se briser sur le toit de la maison du dessous, don Angelino qui se plie en deux comme si ça le menait et qui prend appui sur la balustrade de toutes les forces qui lui restent, le vent qui finalement réussit à lui arracher son bugne, et la voix joyeuse – oui, joyeuse, comme si c'était chose de rire – qui dit à Nino bauché en place :

« Aide-moi, Nino, tu ne vois pas que je vais défunter ? »

« La fumée ! J'y ai vu ! »

Le cri d'un petit gone dans la rue qui quinchait la nouvelle à un autre rebondit contre les persiennes de la chambre où Gaetano dit Stefano s'abîmait en prières d'une ferveur croissante. Mais pas si profondément qu'il ne reçût cette quinchée comme un véritable coup de fouet entre les omoplates. Dans un geste de défense instinctif, il rentra encore plus le cou dans les épaules tandis que les mots du Pater qu'il était en train de réciter se décomposaient dans sa bouche en syllabes dépourvues de sens. Puis, tout à coup, il releva la tête, transporté. Assurément par l'intercession de saint Calogero à qui il adressait plus particulièrement ses prières à ce moment-là, l'impression que ces mots venus de la rue lui avait faite se changeait en une image précise, une suggestion claire. Pour s'en assurer, il jeta un coup d'œil sur le mur de droite où, à la hauteur du sixième tiroir de son semainier, était accrochée l'image pieuse du bienheureux Pasquale Capizzi, ermite, occupé à se flageller avec une branche d'olivier, le regard ardemment tourné vers un épais buisson d'épines où il avait pour habitude de se plonger ensuite pour achever en gloire sa pénitence. En bas, à l'écurie, il y avait tous les fouets qu'il voulait, mais il ne se sentait pas la force de descendre jusqu'au rez-de-chaussée, au risque de tomber sur les serviteurs ou quelqu'un de sa famille qui l'obligeraient à parler : s'il ouvrait la bouche, ce ne serait que pour dire des prières. Debout maintenant au milieu de la pièce, il apincha tout autour de lui avec frénésie, pris par un puissant désir de faire sur-le-champ ce qui lui avait été miraculeusement suggéré, mais il ne vit rien qui pût faire l'affaire.

Au même instant, il se souvint qu'il y avait au grenier de vieux fouets pour les chevaux, faits avec des roseaux et des cordes tressées. Cette idée ne lui était pas plus tôt venue que déjà il montait quatre à quatre l'escalier qui conduisait au grenier, il ne tourna même pas la tracole ayant toujours su qu'il suffisait de donner un coup de pied dans la porte pour qu'elle s'ouvre. Du pas de la porte, son regard tomba tout de suite sur le coin du fond où étaient rangés deux ou trois fouets ornés de rubans de couleur, ceux qu'on utilisait pour les chevaux et les charrettes les jours de fête. Et au même moment, alors que, le bras tendu, il partait dans cette direction, il enregistra rapidement du coin de l'œil gauche, près de la fenêtre, un mouvement rapide et violent qui conduisit à un dédoublement de silhouettes à contre-jour.

« Ma femme et le muet. C'est mardi, y'a cours », pensa-t-il tout en prenant dans sa main un fouet, il faillit le porter à sa bouche pour l'embrasser mais il se retint, considérant que les deux autres le regardaient. Repartant aussi vite qu'il était venu, il enregistra, cette fois du coin de l'œil droit, le visage terrorisé d'Helke qui se tenait les bras écartés, plaquée contre le mur comme un papillon épinglé, et le visage écarlate du muet, plié en deux, un singe, qui se balançait d'avant en arrière, ses mains portées à l'endroit où on a les natures pour les couvrir, comme s'il s'attendait à y recevoir une volée de coups de pied. Il ne referma pas la porte parce que, sans même attendre de sortir du grenier, il enlevait déjà sa veste, sa chemise vola alors qu'il redescendait l'escalier, et son maillot de corps – il en portait un épais même en été, étant de constitution plutôt fragile – tomba devant la porte de sa chambre. Où, enfin agenouillé de nouveau, il commença à se donner de violents coups de fouet. Un, deux, trois, de plus en plus fort et de plus en plus vite, une fois qu'on s'était fait la main, ça devenait plus facile, la mèche du fouet ne s'emberlificotait plus à droite et à gauche mais frappait au bon endroit, et la douleur se faisait si longue et si constante qu'il ne la sentait presque plus. Il continua opiniâtrement tandis qu'une plainte ininterrompue sortait de ses lèvres, jusqu'à ce qu'il se retrouve étalé par terre, aveuglé par les larmes, au point de ne même plus voir les flammes des veilleuses.

« Sainte Vierge, accordez-moi cette grâce ! » supplia-t-il encore du fond de sa douleur avant de s'abandonner, exténué. C'est alors qu'il revit distinctement la scène du grenier, importune et absurde eu égard à l'heure et à la situation.

Dans la salle du phare, l'odeur de l'acétylène vous prenait à la gorge. Le capitaine Caci, le pilote, enleva sa main de la longue-vue, se frotta l'œil avec un doigt et ne dit mot.

« Alors ? demanda Michele Carrubba, le gardien du phare.

– D'après moi, ils vont avoir du mal, décréta le capitaine Caci.

– Qu'allez-vous faire ? Vous ne feriez pas mieux de sortir ?

– Moi ?

– Et qui d'autre ? C'est bien vous le pilote, non ?

– Pilote ? peut-être mais benoni, sûrement pas. Ils n'ont pas mis le signal ».

Michel Carrubba se pencha pour apincher à la longue-vue.

« Apinche toujours, fit le capitaine Caci. Qu'est-ce que tu crois, que je borgnasse ?

– C'est vrai, il n'y a pas de signal, dit Michele Carrubba, mais ça veut peut-être dire…

– Ça veut dire une chose et une seule, coupa le capitaine Caci, qu'ils ne demandent pas de pilote. Quand on veut apprendre à son père à faire les enfants, on se démerde sans faire chier les autres !

– Ou peut-être que c'est des caquenanos qui n'y comprennent rien, insista le gardien du phare. Ils ne doivent pas connaître les fonds par ici. Ils filent tranquilles comme Baptiste alors qu'ils vont se retrouver dans l'eau jusqu'au cou.

– Et par le fait, d'après toi, il faudrait que j'appelle mes hommes, que je les fasse sortir par ce temps, se dépotenter à voguer, monter sur le bateau de ces artignoles de Russes et les conduire au port sains et saufs ? Et si une fois en sécurité, amarrés, ils m'envoient aux pelosses ?

– Hum, ce sont des matelots…

– Les matelots, t'y fie pas trop », rebriqua le capitaine Caci.

Michele Carrubba n'osa poursuivre. Le capitaine Caci n'aurait pas écrasé une mouche contre la pile d'un pont, mais il avait un coqueluchon de Calabrais, dur que c'était pas de croire, et rien ne l'aurait fait démordre quand il avait pris une décision. Une fois qu'il cueillait des azeroles, il était resté dans l'arbre trois jours et trois nuits, juste parce que sa femme l'avait délapidé pour qu'il en redescende.

« Si ces grands gognants ne mettent pas le signal d'appel du pilote, moi je ne bouge pas, dit le capitaine Caci en rompant un silence qui censément lui pesait. L'année passée, je me suis fait rouler par un navire anglais. Il y avait gros temps comme maintenant, moi par bon cœur je suis allé à ses devants, je l'ai conduit jusqu'au port et à l'arrivée, ils n'ont rien voulu poner, soit disant que j'avais tout fait de ma propre initiative. Et c'est moi qui ai dû payer mes matelots. Le signal a valeur de contrat : ils m'appellent, j'y vais et ils ponent.

– Et alors ? demanda de nouveau Michele Carrubba.

– Et alors, rien. C'était pour t'expliquer. Toi, tu fais marcher le phare, moi je suis là au garde-à-vous, mon bateau et mes hommes sont prêts sur le rivage, nous avons notre conscience pour nous. Si avec tout ça, ces galavards préfèrent aller s'écramailler parce qu'ils fendent les liards en quatre, on pourra pas dire que c'est de notre faute ! »

« Ce sont mes jumelles et je les garde. Vous pouvez très bien voir la fumée à l'œil nu », fit Michele Navarrìa qui, le bateau approchant, donnait l'impression d'être assis sur un nid de guêpes. Il aurait dû être content comme les autres magasiniers, mais il était fait ainsi, il n'y pouvait rien, faut dire que ces pillerauds, avec l'excuse que s'étant déplacés ils avaient l'estomac tout dépontelé, étaient après manger et boire à renonce, et toutes ses réserves allaient y passer. Mais c'était de sa faute car, le matin, avant de quitter l'entrepôt de don Ciccio Lo Cascio, il avait dit à la ronde :

« Aujourd'hui après déjeuner, je vais à Durrueli. »

Manquablement les magasiniers l'avaient pris pour une invitation et étaient arrivés, qui en calèche, qui à pied, qui à cheval dans sa maison de campagne de Durrueli, un endroit au-dessus de Vigàta d'où on pourrait admirer l'arrivée du bateau comme au théâtre. Mais pour le moment, don Michele Navarrìa endévait plus particulièrement à cause de Pasqualino Patti qui n'était pas resté bagasser et posser son vin avec les autres, mais le cramponnait comme la pège pour se faire prêter les jumelles, car il borniquait et n'avait pas encore pu voir la fumée.

« Vous y voyez ? Là, à droite du rocher des Deux Fiancés.

– Non, j'y vois pas. Prêtez-moi les jumelles. Vous avez peur que je les mange ? demanda Pasqualino Patti.

– Vous mangeriez des pierres, alors des jumelles ! » rebriqua Michele Navarrìa, qui lui reprochait le carrichon entier de pain et les dix tranches de jambon que cet avanglé avait liquidés en une demi-heure, à croire que ça faisait un mois qu'il n'avait pas mangé à sa réflexion.

« La fumée ! La fumée ! La fumée ! »

Changeant de ton, de timbre et de hauteur comme un feu d'artifice en plein ciel, le mot rebondit de toit en toit, de fenêtre en fenêtre, pris dans la trame où s'entrecroisaient sympathies, antipathies, haines féroces et amours tout aussi féroces, tantôt porté tantôt ralenti par le vent, puis en ruisseau, en torrent, en cascade, il se déversa sur les étages inférieurs et les rez-de-chaussée où ceux que ni leur rang ni leur richesse ne destinaient à posséder une terrasse ou un balcon élevés, s'en remettaient au bon cœur de ceux qui avaient cette chance, pour avoir plus de précisions sur la couleur, l'épaisseur, l'éloignement et la densité du panache.

Vito Cusumano oublia son gilet pour se précipiter à sa fenêtre, lui qui était toujours mis en dimanche et, même défunté, n'aurait pas eu un cheveu de travers ;

Tano Musumeci écourta d'une heure les deux heures de sieste qu'il faisait toujours après le repas, et dire que les trois secousses du tremblement de terre de 1880 n'étaient pas parvenues à gâcher son sommeil ;

Pino Macaluso, quinchant qu'il ne resterait pas couché même si tous les médecins de la terre le lui ordonnaient, prétendit que sa femme l'aidât à quitter le lit où il souffrait depuis dix ans ;

Melo Tringali laissa en plan son coiffeur qui venait à domicile tous les quinze jours, et ce fut une chose mémorable parce que se faire couper les cheveux était pour Melo une cérémonie rituelle, aussi sacrée que la messe, qui devait se dérouler dans le silence le plus absolu et ne supportait aucune interruption, à tel point que son fils, Pino, qui deux ans plus tôt était imprudemment entré dans sa chambre pour lui annoncer une nouvelle concernant dame Rosina : « P'pa, la meman est défuntée » s'était pris un coup de chaise sur la cache-maille dont il portait encore la marque.

Jamais, même dans les journées d'hiver les plus noires et les plus tristes, quand un bateau de pêche égaré peinait pour retrouver le chemin du port, que, à chaque lame qui se levait, il semblait disparaître pour toujours, qu'on récitait déjà à voix basse les noms de ceux qui étaient en danger comme on fait pour les morts et que les seules personnes autorisées à les crier, ces noms, c'étaient les fenottes, filles, épouses, mères qui dévalaient les rues de Vigàta en direction de la plage tandis qu'autour d'elles se coagulait un silence à couper au couteau, et dans ce silence les autres fenottes faisaient comme Marie, déchirant leur tablier, s'arrachant les cheveux, jamais, sans excepter même la pire journée de deuil et de malheur, jamais, ni la fois où les bateaux de Fofò Fiorentino et de Ciccio Tripodi coulèrent ensemble et que tout Vigàta vit Fofò et Ciccio qui sombraient, enlacés comme deux frères, eux qui, leur vie durant, s'étaient insultés ni peu ni trop, ni la fois où Savaturi Burgio dit « le poisson » parce qu'il avait le sang froid comme un poisson, comprenant qu'il ne s'en sortirait pas, salua tout Vigàta à grands gestes avant de mourir écrasé contre les rochers, jamais, au grand jamais, la mer n'eut sur elle autant d'yeux vigatais qui apinchaient sans fin ni cesse.

À l'aube du 13 juillet 1831, c'est-à-dire soixante ans plus tôt, ayant depuis peu repéré au large un banc de poissons miraculeux, dans une zone comprise entre le rocher des Deux Fiancés et la pointe de Capo Russello, le capitaine Mariano Currao, de Vigàta, était parti avec son bateau et ses filets faire sa razzia quotidienne après avoir réussi à semer, à force de tours, détours et haltes trompeuses, tous les autres patrons de pêche. Il n'avait confié le secret de ce banc miraculeux qu'à Nino Trifiletti, de Fela, son frère de sang, qui était un ami sûr et pas homme à vendre la carabasse : dire une chose à Nino, c'était comme l'ensevelir. Le capitaine Currao était en train de tirer à bord les premiers filets quand Toto Ferro, le marin qui, penché sur l'eau, soulevait le filet, se figea, blême :

« Ils sont tous morts, ces poissons. »

En entendant ces mots, le capitaine ne catolla pas pour donner l'ordre de prendre le vent et faire demi-tour. Depuis quelque temps, dans ce secteur, il se passait des choses qui n'avaient point de nez. Une fois on avait entendu, venant du fond, un bruit sourd comme un roulement de tonnerre, qui avait duré une demi-heure et qui s'était ensuite décomposé en une série de coups plus forts, mais distincts les uns des autres, comme des coups de canon ; une autre fois l'eau était tout à coup devenue chaude à pouvoir censément y faire cuire des pâtes ; une troisième fois, ils avaient vu venir à la surface des algues jaunâtres qui, entre leurs doigts, se réduisaient en farine puante. Alors qu'ils quittaient cette zone mystérieuse, le capitaine Currao vit le bateau de Nino Trifiletti qui faisait route vers le lieu de pêche. Debout à la proue, il lui fit signe. Le bateau de Nino s'arrêta, attendit que celui de Currao l'abordât.

« Que se passe-t-il ? demanda Trifiletti à Currao, voyant que les pêcheurs sur le bateau de son ami avaient des mines de déterrés.

– On pêche des poissons déjà bouillis, prêts pour l'assiette », répondit Currao.

Sur le conseil de Trifiletti, qui était lui aussi un homme prudent, ils s'éloignèrent encore un peu. Et, de leur nouvelle position, quelques minutes plus tard, ils entendirent d'abord un grondement, lent et prolongé, qui prenait toutes ses aises, puis ils virent l'eau qui se mettait à bouillir et, alors que les embarcations tremblaient comme prises de fièvre, une colonne de fumée et d'étincelles se leva à la verticale, très haut, avec des bruits et des quinchées rageuses exactement comme un être vivant. Tandis que le soleil devenait gris, qu'une cendre épaisse et dense pénétrait leurs poumons et que les marins, terrorisés, tombaient à genoux en priant la Madone et tous les saints, Currao et Trifiletti, bauchés en place, comprirent qu'ils étaient en train d'assister à un phénomène jamais vu auparavant : une île volcanique naissait sous leurs yeux. La mer mit deux jours à accoucher et pendant tout ce temps, elle se tordit, tantôt furieuse et écumante, tantôt si plate et gémissante qu'on avait envie de la caresser : puis le 15 juillet, l'île tout entière émergea et la mer parut soudain s'endormir, à bout de forces. De France deux savants, Jonville et Prévost, vinrent en toute hâte pour l'étudier et lui donnèrent le nom de *Giulia* parce qu'elle était apparue en juillet ; de Catane un géologue, Gemmellaro, arriva à bride abattue et, comme il briguait une chaire dont Sa Majesté en personne devait décider, la baptisa *Ferdinandea* en l'honneur de son roi ; d'Allemagne le professeur Hoffman débarqua précipitamment mais, dépourvu d'imagination et d'intérêt, ne la baptisa ni peu ni prou et se contenta de l'observer ; tandis que le capitaine Currao, qui pour sa part l'avait appelée *Curraa*, brisant ainsi une amitié vieille de vingt ans avec le capitaine Trifiletti qui s'était permis de lui donner le nom de *Trifiletta*, faisait la navette entre Vigàta et l'île au moins deux fois par jour pour emmener les curieux en visite payante. Au milieu de cette effervescence scientifique, les Anglais se limitèrent à envoyer le cotre *Hind*, sous le commandement du capitaine Jenhouse qui, tout plan-plan, un beau jour débarqua sur l'île, y planta le drapeau britannique et l'appela, allez savoir pourquoi, *Graham*. Toutefois, ce drapeau anglais compliqua tout de suite les choses. Quand on l'annonça à Ferdinand de Bourbon qui, couronné de frais, était alors en visite en Sicile, cette nouvelle ne lui fit ni chaud ni froid. À l'évidence, il se souvenait de l'histoire de son père qui, en 1801, s'était vu dédier par un astronome, le père Piazzi, un planétoïde qu'on venait de découvrir, tout beau tout neuf, et pile la même année, avait été obligé de signer la paix – pour lui désastreuse – de Florence ; si bien que, s'adressant au duc de Carcaci, Ferdinand Ier avait pour tout commentaire cité un proverbe sicilien : « J'ai une fortune en France, mais ici je meurs de froid. » Toutefois cette île était bien plus proche que la « France » sidérale où se trouvait le planétoïde et Ferdinand fils se décida rapidement à envoyer la corvette-bombardier *Etna* pour contrer de quelque façon les visées expansionnistes des Anglais. L'île consistait, comme l'écrivit Benedetto Marzolla, fonctionnaire du Service Topographique Royal, qui s'était embarqué spécialement de Naples pour la *Ferdinandea* sur le bateau à vapeur *Francesco I*, « en une plaine, située à trois empans à peine au-dessus du niveau de la mer, faite de sable fin, noirâtre et lourd, parsemée de petits fragments de lave et de scories très friables et légères. Au milieu de l'île s'élève une colline faite de sable semblable à celui de la plaine et de scories très friables. À l'ouest de la colline, on voit un petit lac de cent soixante empans de circonférence, empli d'eau bouillante, sur lequel on voit flotter de la fumée. Trois relevés minutieux donnent pour l'île un périmètre total de deux mille empans ». C'est-à-dire, tous comptes faits, un mouchoir de poche ou guère plus, suffisamment grand toutefois pour servir de refuge ou de base à deux ou trois navires de guerre. Le commandant de la corvette-bombardier bourbonienne s'appelait Pasqualino Pace et, soit pour rester fidèle à son nom*, soit parce que, étant napolitain, il lui fallait agir en Napolitain, il répondit à Jenhouse qui lui demandait ce qu'il était venu faire sur l'île, qu'il n'était là que pour effectuer le relevé exact de sa longitude et de sa latitude et s'en retourner ensuite à Naples où l'attendaient femme et enfant. En fait, par une nuit de pluie et de vent, il fit disparaître le drapeau anglais et le remplaça par celui des Bourbons. Jenhouse sembla accuser le coup,

* *Pace* signifie paix.

trois jours durant, les matelots de l'*Etna* sillonnèrent l'île sans même sauver les apparences en effectuant des calculs ou des relevés, jusqu'à ce que, au quatrième jour, apparût à l'horizon la puissante frégate anglaise *Simpson* sous le commandement du capitaine Douglas qui avait la réputation d'être totalement dépourvu de ce *sense of humour* dont se targuaient habituellement tous les Britanniques. À la vue de la frégate, trente-deux bateaux de pêche sortirent de Vigàta et des ports voisins, pleins à craquer de Vigatais aux ordres de Mariano Currao qui n'entendait pas renoncer à son île. Hardiment, Currao débita de mémoire à Douglas – lequel, ne parlant déjà pas un mot d'italien, risquait encore moins de comprendre le sicilien de Currao – une déclaration rédigée par maître Tumminello, l'avocat, qui toutefois avait préféré rester chez lui, où étaient dénoncées « la cupidité et la traîtrise » des Anglais. Et ce fut exactement comme le récit des trois sourds parce qu'à la fin Douglas les remercia, ayant pris le tout pour une manifestation de bienvenue de la part des bons indigènes. Les échanges de vue qui suivirent furent plus ou moins chauds. Vito Sansotta et Cosimo Peritore écopèrent respectivement d'un coup de poing dans la figure et d'un bras cassé tandis que Jim Ackeroyd et Tom Blackwell retournèrent à bord avec un œil au beurre noir et un coup de couteau au côté : il faut croire que la logique, « forme pure de la pensée », revêtait parfois dans ces parages des formes impures. Pendant ce temps, Salvatore Russo-Farruggia, éminent spécialiste de droit international, fonçant tête baissée comme un taureau dans la dispute sur la propriété de l'île qui intriguait déjà la moitié de l'Europe, soutenait que « Albion ignora toujours le droit public » et que, par voie de conséquence, les Bourbons aussi pouvaient ignorer le drapeau planté par Jenhouse et en faire des pattes à relaver.

Quoi qu'il en soit, Anglais, Français, Allemands, sujets des Bourbons et Vigatais furent tous d'accord pour constater une chose, à savoir que pas une algue ne poussait sur cette île, et cela pouvait s'expliquer, mais aussi qu'aucun oiseau ne s'y posait. C'était une terre morte qui, au bout d'un certain temps, rendait nerveux et bizarres ceux qui y restaient. Le matin du 13 septembre, au dire de Francesco Macaluso qui se fit l'historien, pas spécialement impartial, de toute cette affaire, « on vit et entendit, sur la cime la plus élevée de la proéminence, le premier et unique exemplaire de la faune de l'île, une tourterelle qui était descendue boire dans un petit lac au pied de la colline et mourut sur le coup ». Mais il y eut aussi une mort un tant soit peu plus grave. Un soir où il avait bu trop de rhum ou de gin, le matelot Ted Woodehouse égorgea, sur la rive nord du petit lac sulfureux, le Vigatais Fofò Corallo pour des raisons qui n'avaient rien de territoriales mais touchaient, semble-t-il, à la juste répartition du restant de ce qui avait été cinq litres d'un excellent vin. Trempée du sang d'un mort, le 16 décembre 1831, après cinq mois de disputes et de bagarres, l'île décida qu'elle en avait assez et s'enfonça soudain, laissant aux hommes qu'elle portait tout juste le temps de remonter sur leurs bateaux.

Au bout de quinze ans, l'île sembla se raviser : un beau matin, elle ressortit sa fameuse colline, la maintint à un ou deux mètres au-dessus du niveau de la mer comme pour apincher autour d'elle, puis, considérant que ce n'était pas chose de faire, elle se rentourna sous l'eau et s'immobilisa à trois mètres de la surface, se transformant en un dangereux bas-fond. Dans la mémoire des Siciliens, elle ne garda qu'un des nombreux noms qu'elle avait reçus au cours de sa brève et tumultueuse existence, « la danseuse », terme qui à l'évidence entendait se référer, non pas tant à la nature volcanique du récif qu'à cette inconstance de caractère que la croyance populaire attribue aux femmes qui montent sur les planches. Bien des années plus tard, un écrivain de la région y situa la nouvelle colonie idéale qu'il avait imaginée : et chez lui aussi, l'île finissait par retourner au fond de la mer. Comme bas-fond, l'ex-île fut toujours appelée de la même façon, « bas-fond de Marullo » du nom d'un malheureux capitaine qui y avait perdu son bateau et la vie.

Et c'est sur le « bas-fond de Marullo » que, après avoir dérivé pendant plus d'une heure, par un vent et une mer déchaînés, le navire russe *Ivan Tomorov*, comme l'avait lucidement prévu le capitaine Caci, alla s'écramailler.

« Bien le bonjour, don Totò ! »

Ignazio Xerri était tout essoufflé, il ne s'était pas encore remis de la peur qu'il avait prise en voyant le bateau se briser en deux sous un choc qui avait fait taire tout Vigàta, et d'une autre peur plus grande, quand il avait compris en un éclair que maintenant la roue tournait et que ceux qui avaient fait du tort à don Totò allaient passer un sale quart d'heure : c'est pourquoi il prenait ses précautions à temps, avant que la chose ne devienne publique. Après avoir pris congé des autres magasiniers qui étaient avec lui chez Michele Navarrìa et qui s'étaient figés comme si un ange passait, hébétés, ouvrant des yeux comme un chien qui rend des mâts de cocagne de travers, il avait filé, lancé comme une carriole de laitier, de Durrueli à Vigàta : c'est pour cela que sa voix qui se voulait respectueuse, amicale et joyeuse tout à la fois, sembla sortir du gosier d'un coq enroué. Passant la tête seulement par la porte de l'entrepôt Barbabianca, il apincha autour de lui et dans cette position, il semblait déjà prêt à se lancer dans une révérence à cul ouvert. Dans un premier temps, il ne vit rien, c'était tout sombre à l'intérieur, il n'y avait pas la moindre lampe, on n'entendait aucun bruit.

« Y'a quelqu'un ? » s'informa-t-il d'une voix forte.

C'est alors qu'il le vit. Ou plutôt, il ne le vit pas tout entier, de prime abord il n'aperçut que les yeux de don Totò qui le fixaient, immobiles, dilatés, on aurait dit ceux d'un chat, phosphorescents. Il se donna peur, et resta sans dire ni quoi ni qu'est-ce à apincher l'ancien que maintenant il distinguait clairement, un roc, avec ses larges épaules un peu courbées mais parfaitement immobiles, ses grosses moustaches blanches retombant autour de sa bouche qui dessinait une grimace, lui sembla-t-il, de dégoût, sa poitrine qu'il avait toujours eue large comme une place d'armes qui se soulevait et s'abaissait tranquillement au rythme de sa respiration, ses mains croisées sur son bureau entièrement recouvert de grosses enveloppes cachetées.

« Manquablement don Totò s'apprêtait à mourir comme Samson, avec tous les Philistins », pensa dans un frisson Ignazio Xerri en essayant désespérément de comprendre laquelle de ces enveloppes contenait l'histoire minutieuse de ses fautes publiques et privées, consignée noir sur blanc par don Totò et prête à être expédiée, par exemple à la Maison Tatafiore qui entreposait son soufre chez lui, ou à son cousin Carmelo pour lui expliquer comment il s'était comporté avec maître Filipazzo, le notaire, à propos de la succession Postulano, ou à sa femme Sisina pour lui expliquer que Tana était sa bonne amie. Et toujours ces yeux pointés sur lui, d'autant plus terribles que, justement, ils étaient dépourvus de tout sentiment, impersonnels et sans miséricorde exactement comme le canon d'un fusil. Il recula tout doucement, il murmura un bonsoir qui n'eut aucune réponse et il sortit de l'entrepôt, les jambes soudainement molles comme de la ricotta.

Le vent étant retombé, relayé par une avale d'eau du ciel, Agatino Cutrera courut chez lui, si bouligué qu'il faisait de grands gestes, trampalait et balmait d'un côté à l'autre de la rue, on aurait dit qu'un essaim invisible était à ses trousses. Il monta l'escalier sans même s'en apercevoir, il ouvrit la porte toute grande, se précipita dans son bureau. Et il sentit tout à coup son cœur tomber dans ses chaussures : la lettre qu'il avait laissée sur sa table, celle où il dénonçait l'absence de soufre dans les entrepôts Barbabianca, n'était plus là. En sentant matériellement ses cheveux se dresser sur sa tête à l'idée que son fils avait pu la porter à l'expéditionnaire ou qu'un coup de vent l'avait fait s'envoler dans la rue par la fenêtre ouverte, il s'acassa sur une chaise, sûr cette fois de prendre un coup de sang, vu qu'il n'avait même plus assez de voix pour appeler sa femme qui, à cette heure-ci, faisait sa dentelle dans la salle à manger. C'est alors qu'il vit l'éclair blanc de la feuille. Elle était tombée, certainement poussée par le vent, et était allée s'enfiler sous le repose-pied dont elle dépassait à moitié. Ne voulant pas se lever, il tendit une jambe, attira la lettre avec son pied et, appesant de toutes ses forces avec sa chaussure, comme si le papier devenu vivant pouvait s'escanner d'un moment à l'autre, il entreprit d'essuyer son visage mouillé, de sueur ou de pluie.

« C'est toi qui avais raison ! Oh oui ! Tu es un saint ! Un véritable saint ! »

À genoux au pied du lit où Stefanuzzo, qui entre-temps était arrivé au trentième Ave Maria de remerciement, gisait, couvert de plaies, Nenè Barbabianca oignait d'huile et de larmes les blessures de son frère. Sous l'image de la Madone, brûlait un cierge géant. À la cuisine, Helke avait mis à bouillir deux seilles d'eau pour laver le sang qui avait giclé jusque sur les murs de leur chambre, Marietta dessampillait de vieilles chemises pour en faire des bandages, dame Matilde avait envoyé la bonne, Mariannina, chercher le docteur Artidoro Carmina et maintenant attendait leur retour à tous deux, Tano « la tombe » était parti par la campagne chercher la peau de serpent qui arrête le sang et désinfecte les blessures. Il ne manquait que le muet, Dieu seul sait où il était allé se capier.

Il ne restait plus qu'à fermer définitivement la fenêtre que le vent avait fait taper toute la journée, si bien que l'eau était entrée, se mêlant à l'empan de poussière qui recouvrait le sol, mais avant il fallait s'approcher du bureau et bravement reprendre entre ses mains la supplique au directeur de la banque, la supplique qui avait été le point culminant de son déshonneur et de sa honte et qu'il n'avait trouvé le courage de relire à nouveau que ce matin, cinq ans après, quand il semblait que c'était vraiment la fin pour Totò Barbabianca. Mais la reprendre, pourquoi ? Pour la ranger de nouveau dans son tiroir ? Il n'en eut pas la force : une fois, il avait entendu dire que lorsqu'on ouvrait certaines tombes, on trouvait des morts dont on n'aurait pas cru qu'ils étaient morts depuis cent ans tant leur corps et leurs vêtements étaient intacts, comme si on les avait mis dans leur cercueil la veille, et pourtant, dès qu'ils se retrouvaient à l'air libre, ils se réduisaient presque instantanément en une fine poussière. La supplique qu'il tenait entre ses mains n'était pas tombée en poussière, mais elle lui donnait cette impression, en la ressortant, qu'il avait agi en croque-mort. Sans même la déchirer, car ça n'en valait censément pas la peine, il revint lentement à la fenêtre et la laissa tomber dehors, rien qu'en ouvrant deux doigts, tout étonné que ce geste puisse être aussi simple, il la vit se mettre à plat, s'envoler, se poser un instant sur le gros ruisseau qui débordait de la rigole sur la moitié de la rue et, ensuite, prenant de plus en plus de vitesse, tourner à l'angle et disparaître.

Masino Bonocore tendait les bras pour fermer les persiennes et se figea dans cette position : il respirait avec plaisir l'odeur de terre mouillée et il sentait sa poitrine se dilater. Peut-être, pensa-t-il, parce qu'il n'avait rien avalé de la journée et passé deux heures à s'abreuver de larmes, après toutes ces années où il n'avait pas réussi à pleurer ; manquablement il avait besoin de ces larmes, il avait été trop longtemps une terre brûlée.

« Et bon vent à don Totò ! » murmura-t-il, conscient qu'avec ces mots il mettait une croix sur la partie la plus importante et la plus douloureuse de son existence. Mais il n'y avait rien à faire, inutile de se marcourer et se tarabâter, le monde sont comme ils sont et on ne fait pas sortir de sang d'une pierre, c'était lui qui avait tort, à ressasser une vieille histoire alors qu'il avait déjà un pied dans la tombe. C'est pourquoi il laisserait dorénavant cette fenêtre toujours ouverte, et dans l'autre pièce aussi, là où il dormait, il fallait que le soleil et la lumière entrent à partir de ce jour. Il décida enfin d'écrire dans la soirée à son fils Santino, à Milan, pour lui raconter les événements de cette curieuse journée et le faire rire de bon cœur.

Le père Imbornone était déjà après quincher qu'on attelle sa maringote, que la partie arrière du *Tomorov* ne s'était pas encore couchée sur le côté, vomissant caisses, cordages, débris de bois et de fer et de petits pantins qui s'agitaient de façon comique : des hommes. Fasciné, Lemonnier avait vu un, cinq, dix papillons blancs s'envoler du port de Vigàta vers le bateau miraculeusement en équilibre au-dessus des vagues, disparaissant et réapparaissant parmi les vallées et les montagnes d'une mer qui imitait la terre, flèches blanches obstinément pointées vers leur cible, surmontant leur peur et leur angoisse, Lemonnier en avait la très nette intuition, uniquement parce que là où elles allaient, une angoisse plus forte réclamait à grands cris une main à saisir, une parole d'encouragement, une aide, ne fût-ce qu'un simple regard amical. Le père Imbornone avait le diable au corps, bouliguant et sautillant, il était devenu si écarlate qu'on aurait pu lui faire cuire un œuf sur le cotivet, dans la tour on aurait dit un corbeau enfermé dans une cage trop petite. Craignant qu'il ne prît mal, Lemonnier s'employa à le réconforter.

« Ne vous agitez pas, dit-il. Il faudra encore du temps avant qu'on récupère les blessés et les morts et qu'on les transporte à Vigàta. »

Le père Imbornone s'arrêta tout net et l'apincha d'un air interrogateur. Simone Curtò di Baucina aussi, à cette intervention, fit la mine de quelqu'un qui ne comprend pas.

« Je dis », se sentit obligé de préciser Lemonnier que parcourut néanmoins un fourmillement de malaise, « qu'il faudra sûrement un peu de temps avant que les marins russes puissent bénéficier de votre réconfort, de votre ministère… »

Avant de lui répondre, le père Imbornone leva les yeux au ciel pour demander à Dieu de lui prêter patience devant cette grande bugne de Piémontais qui avait l'esprit aiguisé comme une mollette de beurre.

« Il s'agit bien de ministère ! explosa-t-il. Je veux savourer la tête des Vigatais maintenant qu'ils sont dedans jusqu'au cou ! Je ne voudrais pas rien rater le spectacle ! »

Et, soutane au vent, il descendit l'escalier sans prendre le temps de dire au cul de venir.

« Nous sommes sauvés ! Le bateau a coulé ! Vous comprenez, don Totò ? Il a coulé ! »

Au début, Blasco Moriones lui disait ça penché de l'autre côté de son bureau mais depuis cinq minutes il le criait, le pleurait, le murmurait, il s'était même retrouvé à genoux, répétant encore ces mots dont lui-même ne comprenait quasiment plus le sens, mais l'ancien ne bougeait pas d'un millimètre, un bloc de glace, sourd. Quand, pour tenter de le faire réagir, Blasco posa ses mains sur celles, croisées, de don Totò et qu'il les secoua frénétiquement, alors seulement l'ancien, sans tourner la tête, sans porter le regard vers lui, demanda :

« Quelle heure est-il ?

– Six heures, don Totò », répondit Blasco plein de chagrin et de remords pour toutes ces heures où il avait laissé don Totò nager seul dans l'océan de son accablement et de son désespoir.

« Et quand devais-tu rentrer ?

– À trois heures. »

Donc, il s'agissait d'autre chose, des comptes qu'il lui fallait maintenant rendre, sans rémission, et qui mettaient en lumière, au choix, sa lâcheté ou sa complicité. Il était resté trois heures sur la colline de l'Homme Mort jusqu'au moment où la vue du *Tomorov* s'échouant sur le bas-fond l'avait tiré de cette espèce d'envoûtement dans lequel il avait sombré, heureux d'y sombrer.

« La mule s'était blessée ?

– Non.

– Tu étais tombé ?

– Non.

– Tu avais perdu du temps à Fela ?

– Non. Mais, vous savez, les frères Munda...

– T'occupe pas des frères Munda. »

Dans son déroulement implacable, l'interrogatoire était arrivé au moment de la croix, à l'heure de la passion.

« Alors, je t'écoute, dit don Totò. À toi de me dire la raison de ce retard qui m'a fait tirer peine plus que l'arrivée du bateau. Et note bien, pas parce que la réponse des Munda m'intéressait : mais parce que tu n'étais pas là où tu aurais dû être. Et maintenant, vas-y, explique-toi. »

Mais Blasco n'expliqua rien. À la place, il se mit à pleurer sans retenue et ces larmes étaient plus parlantes que des mots, elles le faisaient redevenir petit gone, quand la punition qu'il avait reçue pour la bêtise commise se changeait en pleurs qui demandaient son pardon, une main sur sa tête, des paroles d'avertissement et de consolation. Mais qui cette fois ne vinrent pas.

« Vous n'avez donc pas compris ce que je vous ai dit ? » fut la non-réponse de Blasco Moriones sanglotant, qui, à quatre pattes, avait fait le tour du bureau pour venir poser sa tête contre la cuisse de don Totò. « Nous sommes sauvés ! Le bateau a coulé ! » et tout en parlant, il pressait sa bouche contre la chair qu'il sentait sous l'étoffe, l'embrassait encore et encore, sans même savoir ce qu'il faisait.

« Nous sommes sauvés !

– Nous ? fit don Totò. Nous ? Tu te trompes. Nous, c'est ma famille qui peut le dire, mes fils », et il insista sur ce dernier mot. « Toi, tu dois dire vous, comme font les serviteurs, comme doit faire le serviteur que tu es. »

Déjà tombait un soir précoce, le mauvais temps s'en allait comme il était venu. Les morceaux de chéneau arrachés des toits et quelques flaques d'eau dans les rues étaient le seul souvenir de ce qui s'était passé. C'est un souvenir plus durable qu'emporteraient les huit rescapés du *Tomorov*, serrés les uns contre les autres dans une des grandes pièces de la mairie, enveloppés dans des couvertures de chanvre que, rivalisant les uns les autres, les pêcheurs de Vigàta avaient apportées ainsi que de la soupe chaude et du vin. Pour les dix marins qu'on avait alignés dans la petite église en attendant que les deux menuisiers du pays leur fabriquent des cercueils et pour les huit autres disparus en mer, il n'était en revanche plus question de mémoire, ni de cette journée ni d'aucune autre.

Et, à propos de mémoire, tout le monde à Vigàta savait que don Totò pouvait soutenir la comparaison avec un éléphant. On en eut la première preuve une heure après le naufrage du bateau. Refaisant pas à pas le chemin de croix que le matin, crachant son sang et pétri de honte, Nenè Barbabianca avait parcouru dans la douleur, Tano « la tombe », immense, voûté et lent comme la mort, réglant sa marche sur la cloche de l'église qui justement sonnait le glas, passa dans tous les entrepôts, un large sourire aux lèvres – car ainsi lui avait-il été expressément ordonné de faire – en disant aux magasiniers, qui, rien qu'à le voir apparaître devant eux se sentaient tomber en bave, une seule phrase, brève, toujours la même, pas si courte toutefois qu'elle n'obligeât Tano quand il la récitait à changer de visage où cent rides apparaissaient alors :

« Don Totò vous fait dire qu'il a eu de la chance et qu'il va fêter ça en grand chez lui dimanche. Comme de bien s'accorde, vous êtes invité, don Totò veut avoir cet honneur. »

Se répandant en félicitations et remerciements, les magasiniers assuraient qu'ils viendraient sans faute, seule une mort subite aurait pu les priver de ce plaisir.

Il n'y eut que Don Ciccio Lo Cascio qui, dans le désert où il s'était retrouvé dès que le *Tomorov* s'était échoué, tout le monde l'évitant comme la peste, les regards se baissant sur son passage, avait mesuré combien était profond l'abîme de sa défaite, il n'y eut que don Ciccio Lo Cascio pour avoir la cohérence et le courage de refuser.

« Remercie donc ton patron. J'espère que sa fête sera réussie. Mais dis-lui que moi, ça ne me dit rien de mourir empoisonné. »

« Le lit est une belle chose, si on ne dort pas, on se repose », disait le proverbe, mais nombreux furent ceux qui ne dormirent ni ne se reposèrent.

Ignazio Xerri qui, tout coufle de camomille, avait réussi à s'endormir, vers trois heures fit bondir sa femme en quinchant qu'il y avait un miron avec des yeux gros comme des oranges qui voulait l'avaler tout cru.

Pasqualino Patti bouligua si tant tellement dans son lit qu'arrivé un moment, son épouse Teresina agrapa son matelas et partit s'installer dans la cuisine.

Michele Navarrìa, après des heures à se tarabâter, pensant un peu tard que qui craint la feuille ne doit pas aller au bois, se rhabilla de pied en cap, bugne compris, s'assit sur son lit et se lança dans une litanie de jurons qui dura jusqu'à l'aube.

Ciccio Lo Cascio ne se déshabilla même pas, il savait bien que pour ce qui était de dormir cette nuit, lui et les autres magasiniers n'y allaient que d'une fesse *(tant qu'à faire, je vais prendre le frais)* et il alla fumer à sa fenêtre.

Saverio Fede avait les yeux qui papillotaient de fatigue mais il ne s'avouait pas vaincu, pour la centième fois, il répétait à sa femme comment les choses s'étaient passées, qu'avec urbanité il avait répondu à Nenè Barbabianca ne pas avoir de soufre, que cette réponse négative était dépourvue de mauvaise volonté et que, par conséquent, les Barbabianca ne pouvaient pas lui en vouloir...

« Mais alors, si tu as la conscience tranquille, pourquoi tu te tarabâtes autant ? » rebriqua sans pitié vers quatre heures du matin sa femme qui, perdu pour perdu, avait tout par un coup décidé de vider l'abcès.

Quelqu'un qui pourtant n'était pas magasinier, Fonzio Vassallo, n'y alla même d'aucune fesse pour dormir car, à huit heures du soir, il avait été convoqué chez les Barbabianca en même temps que le père Imbornone : il avait la passion de la peinture sur cuivre et bois et les propriétaires de charrettes recouraient toujours à lui pour représenter les histoires de paladins. Et pour pouvoir tenir la parole qu'il avait donnée à don Totò et lui remettre avant dix heures du matin ce qu'il lui avait commandé, Fonzio Vassallo dut sacrifier toutes ses heures de sommeil.

Madame Helke aussi dormit tant bien que mal, le lit lui semblait plein de piquants et de catons, à peine réussissait-elle à s'assoupir qu'aussitôt elle rêvait qu'elle tombait, chaque fois elle se réveillait en sursaut et, en ouvrant les yeux, elle rencontrait ceux de Stefanuzzo tout brillants de fièvre et de la lumière des cent veilleuses. Son mari était entièrement bandé, on aurait dit une ricotta dans sa balle, il était tourné sur le côté droit, le coude appuyé sur l'oreiller, la tête posée sur sa main et il l'apinchait fixement sans décesser. Elle s'efforçait de paraître calme, madame Helke, mais à l'intérieur, sa peur augmentait à chaque minute : elle était presque sûre que Stefanuzzo n'avait rien vu de précis, mais alors pourquoi gardait-il les yeux rivés sur elle ? Elle ne pouvait pas imaginer que Stefanuzzo, quand la scène du grenier lui était revenue à l'esprit après avoir fini de se flageller, ayant sorti du flou certains détails, avait brusquement reculé, mentalement et physiquement, devant l'un d'eux plus précis et plus parlant que les autres, comme devant une vipère, et qu'il avait immédiatement résolu d'offrir à Dieu son silence sur cette chose-là, comme deuxième vœu de la journée : jamais, au grand jamais, il ne remonterait au grenier quand sa femme faisait cours à Totuzzo. En revanche, il continuait à l'apincher parce qu'il lui arrivait une chose curieuse qu'il avait honte, même pas de dire, mais seulement de penser, c'était peut-être le soulagement d'avoir échappé à un danger, c'étaient peut-être les coups de fouet qu'il s'était donnés, peut-être l'exaltation devant le miracle accordé.

Finalement sa femme s'était endormie – et à son tour il ne pouvait pas imaginer que Helke, au lieu de révéler son agitation en s'endormant et se réveillant sans arrêt, faisait semblant – et son souffle régulier, la courbe que son flanc faisait sous le drap, rendaient plus ardente la chose bachique qui lui arrivait et qu'il ne savait pas s'expliquer.

« Helke ? »

Elle ne répondit pas, glacée. L'heure des explications avait sonné.

« Helke ? »

Cette fois-ci, sa main à lui se posa sur sa cuisse et la secoua. Elle ne pouvait plus feindre. Prenant une voix légèrement pâteuse, clignant des paupières comme quelqu'un qui vient de se réveiller brusquement, elle se retourna à moitié.

« Qu'y a-t-il ? »

Stefanuzzo ne lui répondit pas et Helke fut obligée de se retourner complètement, avec au même moment l'espoir absurde de se retrouver en Suisse, loin, bien loin de la Sicile et de son mari. Mais ce qui se présenta à ses yeux l'abasourdit. Stefanuzzo avait rejeté le drap et s'était mis le ventre à l'air, découvrant, juste au-dessous de l'endroit où s'arrêtaient ses bandages, un mât de cèdre qui se dressait comme jamais il ne l'avait fait et Stefanuzzo lui-même l'apinchait avec une curiosité assurément supérieure à celle de madame Helke.

« Ça ne va pas te faire mal ? » demanda Madame, en se retenant de l'empoigner, de le caresser et de l'embrasser : c'était le signe que, indépendamment de la tournure que prendraient les événements, l'épisode du grenier serait sans conséquences dangereuses. Elle se retint car elle avait essayé de le faire une seule fois, quand ils étaient encore en Suisse, et Stefanuzzo avait brusquement repoussé sa tête en lui disant horrifié : « Mais qu'est-ce que tu fais ? Tu es folle ? C'est les poutrônes qui font ça ! »

« Ça ne va pas te faire mal ? » répéta-t-elle, vu que Stefanuzzo continuait à se l'apincher, fasciné.

« Non, pas si tu viens sur moi », répondit son mari. Helke obéit.

Jamais Stefanuzzo n'avait rêvé de le faire de cette façon qui était péché ; une fois par mois, quand il se décidait, il n'enlevait même pas sa chemise de nuit et il voulait qu'Helke gardât aussi la sienne. En revanche, cette nuit-là, tandis que Helke le chevauchait, il s'arc-bouta en gémissant, fit glisser le vêtement de sa femme par-dessus sa tête et il ne lui vint pas à l'esprit de descendre du lit en laissant l'opération à moitié, comme il l'avait toujours fait les autres fois, pour éteindre toutes les veilleuses tandis que Helke, qu'il laissait pique-plante comme deux bâtons de Rogations, rétablissait l'équilibre religieux en proférant mentalement, et en allemand, tous les jurons qu'elle connaissait. Ce ne fut qu'au moment opportun que Stefanuzzo prit des précautions pour son âme avec une oraison jaculatoire que le père Cannata lui avait apprise : « Je ne le fais pas pour mon plaisir / mais pour donner un enfant à Dieu. »

Il y avait deux églises à Vigàta. La plus ancienne était celle de l'Immaculée Conception, en tuf non crépi, presque à pic sur la mer, et ce n'était guère plus qu'une chapelle que les pêcheurs du pays avaient construite de leurs mains. L'autre était l'église paroissiale, sur la place, et c'était une église comme il se doit, avec un large escalier de douze marches, deux colonnes à l'entrée et un clocher qui toutefois ne parvenait pas à dépasser du toit parce que le père Imbornone, qui était le curé de la paroisse, disait qu'il n'y avait jamais assez d'argent pour le finir, que ce clocher était un puits sans fond.

« C'est la mouniche de ses poutrônes qui est sans fond », pensaient les pêcheurs de Vigàta mais sans le dire, parce que c'était l'église des gens bien et qu'eux n'y mettraient jamais les pieds. Dans la petite église qui, en ce moment, était pleine de morts russes, car c'est là que les pêcheurs avaient voulu les emmener, officiait le père Cannata. C'est pourquoi le dix-neuf au matin, il y eut deux cérémonies religieuses.

Le père Cannata dit la messe et parla peu, rapport qu'il n'était pas instruit comme le père Imbornone : il se contenta de complimenter les pêcheurs vigatais non seulement pour avoir sauvé des vies humaines mais pour avoir eu le courage, par une telle mer, de persévérer pour retrouver les morts afin de leur donner une sépulture chrétienne et ne pas les priver de cérémonie. Il ne savait pas – dit-il – à quel Dieu croyaient ces Russes et, s'adressant aux cercueils, il s'excusa auprès de ceux qui y étaient enfermés pour leur avoir imposé des prières que, peut-être, ils n'appréciaient pas dites ainsi, mais il n'en connaissait pas d'autres. Puis, après avoir remercié, au nom des mères, des épouses, des filles russes, c'est-à-dire d'un pays que, honnêtement, il ne savait même pas situer, les femmes vigataises pour les pleurs sincères qu'elles avaient versés sur ces pauvres morts, il bénit les bières. Les pêcheurs les chargèrent sur leur dos et les portèrent au cimetière situé tout en haut de la colline d'où on voyait le large. Derrière, venaient les huit rescapés avec qui les pêcheurs avaient désormais appris à communiquer avec des gestes et des sourires, il y avait même le commandant Alekseï Parouchkine qui était blessé à la jambe et s'appuyait sur le capitaine Caci, c'était lui qui l'avait sauvé et pour cela il avait dû plonger du bateau dans la mer, rester des minutes éternelles sous l'eau pour dégager son pied qui s'était coincé dans un cordage et, quand on les avait hissés à bord, on ne pouvait plus dire qui avait sauvé qui.

« Dans des cas comme ça, y'a pas besoin de contrat », avait dit le capitaine Caci en enfonçant dans ses poches ses mains que le capitaine Parouchkine voulait à tout prix embrasser.

L'autre cérémonie eut lieu à l'église paroissiale, et ce fut quelque chose de vraiment solennel, qui mérita d'être vu et raconté. À dix heures du matin, entre deux rangées d'enfants de chœur qui chantaient et au milieu d'une foule de magasiniers, bistauds, employés, tous accompagnés de leurs femmes, Stefanuzzo Barbabianca se présenta à la porte de l'église, pieds nus et un cierge allumé à la main pour accomplir l'autre vœu solennel qu'il avait fait. Tête baissée, tenant haut son cierge, il s'avança jusqu'au maître-autel devant lequel il se recueillit comme de bien s'accorde. Puis, après avoir donné son cierge au père Imbornone, accompagné par les prières et l'admiration de l'assemblée, il se coucha à plat ventre, sortit une langue longue comme ça et, geignant de temps à autre parce que les coups de fouet lui faisaient encore mal, se mit à ramper et à lécher soigneusement le sol qu'il fit net comme une torchette, en parcourant deux fois toute l'église, du maître-autel à la porte et retour. Le vœu accompli, une procession se forma, avec en tête un enfant de chœur qui portait sur un coussin de satin le tableau sur cuivre, peint dans la nuit par Fonzio Vassallo. Il représentait, dans sa partie centrale, un bateau brisé en deux qui faisait naufrage et quelques marins dispersés çà et là qui, les bras au ciel, demandaient le salut ; dans un médaillon en haut à droite, il y avait la Madone qui, miséricordieusement, se penchait du haut des nuées pour en sauver certains et pas d'autres, selon des critères qui échappent aux mortels ; en bas à gauche, il y avait un cartouche portant l'inscription : « Salvatore Barbabianca et fils pour avoir reçu cette grâce. » Mais on ne disait pas de quelle grâce il s'agissait même si, le fond de l'ex-voto étant peint en jaune soufre, comprenait qui voulait. Derrière l'enfant de chœur, il y avait la fanfare municipale au grand complet qui jouait l'ouverture de *la Pie voleuse* de Rossini, derrière encore, le père Imbornone avec deux autres enfants de chœur qui l'embaumaient d'encens.

Et jamais le père Imbornone ne fut aussi heureux et effrayé à la fois : heureux de ce qu'il était en train de faire, de l'impiété, du blasphème que contenaient à ce moment-là chacun de ses gestes, chacune de ses prières, et effrayé parce que, si Dieu existait vraiment – et avec cette procession, il Le mettait au défi de lui en donner la preuve –, Il finirait cette fois par en avoir vraiment plein le cul et, fulminant, Il le rayerait de la surface de la terre.

Autour de lui se tenait toute la famille Barbabianca : don Totò, massif et indifférent qui apinchait à la ronde comme si tout cela ne le concernait pas tandis que dame Matilde, pour la première fois de sa vie, tenait ouvert un livre de prières ; Nenè avec Marietta qui, d'émotion, essuyait ses lunettes toutes les cinq minutes ; Stefanuzzo amoureusement soutenu par Helke. Puis venaient les serviteurs et, parmi eux – comme tout le pays le remarqua avec étonnement –, Blasco Moriones, les yeux gonflés comme des pastèques. Derrière eux, tous les magasiniers de Vigàta, à la seule exception de don Ciccio Lo Cascio et, derrière les magasiniers, les comptables et les employés et, encore derrière, les bistauds qui, pour l'occasion, s'étaient mis en dimanche. Tous accompagnés de leurs femmes, la tête couverte d'un voile noir. La procession arriva solennellement jusqu'à l'extrémité de la jetée où se dressait une haute colonne portant une statue de la Madone miséricordieuse, protection et réconfort des pêcheurs quand ils rentraient et quand ils sortaient. Elle s'arrêta là et, tandis que la fanfare entonnait le *Salve Regina*, Matteo Savatteri, maçon de son état, monté sur une échelle, mura dans la partie la plus haute de la colonne, juste aux pieds de la Madone, le tableau sur cuivre de Fonzio Vassallo. Puis la procession fit demi-tour et reprit le chemin de l'église paroissiale où elle devait se disperser.

La fanfare municipale, qui avait quasiment épuisé son répertoire, venait d'attaquer *Toi qui ouvris tes ailes à Dieu* en passant sous la fenêtre, au moment même où le docteur Artidoro Carmina, s'adressant à Nino, dit simplement : « Il est mort. »

Depuis que Nino avait pris les choses en main sur la terrasse, vu que don Angelino Villasevaglios ne pouvait plus se dégrober, et qu'il l'avait déposé sur son lit, l'ancien n'avait plus repris connaissance. Une seule fois dans la nuit, serrant fort la main de son valet, il avait murmuré d'une voix si faible et pâteuse que Nino avait dû coller son oreille contre sa bouche pour y entendre :

« Nino, il est arrivé, le bateau ?

– Oui, oui, il est arrivé », avait menti le valet en sentant son visage s'échauffer sous le souffle du moribond.

Et à ces mots, la bouche de don Angelino s'était ouverte en une large grimace, une espèce de sourire tordu qui allait d'une oreille à l'autre. C'était resté après qu'il avait défunté, et ça faisait tout chose de le voir comme ça.

« Et maintenant ? » demanda Nino au médecin, et il voulait parler de ce rire muet.

« Maintenant quoi ? Ferme-lui les yeux », répondit le docteur Carmina qui n'avait pas compris.

D'un geste plein d'amour, délicatement, il passa sa main ouverte de haut en bas, du front vers le nez et les paupières se fermèrent. Mais le rire fit encore plus mauvais effet, si tant tellement large que censément ce n'était pas chose de faire.

« Enfin, lui au moins, pensa Nino, il est mort content. »

NOTE DE L'AUTEUR
(édition Sellerio 1997)

En 1980, Livio Garzanti voulut publier ce roman, malgré la perplexité de certains de ses éminents collaborateurs. Il me demanda toutefois un glossaire, comme pour assurer ses arrières. Comprenant ses raisons silencieuses, je commençai à le rédiger à contrecœur, puis progressivement j'y pris plaisir et ce fut un régal. Ce roman est réédité dix-sept ans après et, entre-temps, le glossaire est devenu superflu. Le republier, en accord avec Elvira Sellerio, est pour nous un subtil divertissement.

L'idée de *Un filet de fumée* m'est venue d'un prospectus anonyme que j'ai trouvé parmi les papiers de mon grand-père et qui mettait en garde contre les agissements d'un négociant en soufre malhonnête. Pour le reste, noms et situations sont à porter au crédit de mon imagination. À l'époque où il sortit, ce roman plut à ma mère : je le dédie à sa mémoire.

A. C.

NOTE DE LA TRADUCTRICE

Le glossaire dont parle Andrea Camilleri donne la traduction en italien de cent quarante et un des termes ou expressions de dialecte sicilien qu'il utilise dans *Un filet de fumée.* Il n'est pas reporté ici pour des raisons de pertinence et je fournis à mon tour un glossaire du français régional dans lequel j'ai puisé des équivalents pour ces termes siciliens, le parler franco-provençal de Lyon.

Le « subtil divertissement » avoué par Camilleri est de l'ordre du pied de nez. En français, on s'en fera une idée en lisant son recueil d'expressions et proverbes siciliens, *le Jeu de la mouche.*

D. V.

GLOSSAIRE DU PARLER LYONNAIS

A

s'abouser : tomber
acasser (s') : s'affaler
agraper : prendre, saisir
agrogner (s'agrogner) : se tapir
aigre (faire aigre) : faire levier
air (donner de l'air à) : ressembler à
amie (bonne amie) : amante
ancrie (à l'ancrie) : aux abois
apincher : regarder, voir
appeser : appuyer
artet : adroit et rusé
artignole : faiseur d'embarras, personne peu fiable
artoupan : mauvais sujet
avale : grosse averse
avanglé : personne très gloutonne

B

bachique : bizarre
bagasser : bavarder, plaisanter
bain (c'est un bain qui chauffe) : quand le soleil est cuisant et que pourtant la pluie menace
bajafler : parler trop
balan (être en balan) : être perplexe
balle : corbeille en osier
balmer : tituber
battillon (passer quelqu'un au battillon) : médire
bâtir en façade : prendre du ventre
bauché (bauché en place) : stupéfait
bave (tomber en bave) : s'anéantir
benoni : bête ; stupéfait
bissêtre : malheur
bistaud : garçon de courses
borgnasser : regarder de près parce qu'on n'a pas une bonne vue
borniquer : regarder avec difficulté en clignant des yeux
bouffaret : joufflu
bouliguer (se bouliguer) : s'agiter
brandigoler : vaciller
brison (un brison de) : un peu de
brouger : réfléchir, ruminer
bugne (grande bugne) : espèce d'idiot
bugne (un bugne) : chapeau

C

cache-maille : tête
cacou : œuf
cagne : paresse
capier (se capier) : se cacher
caquenano : benêt
carabasse (vendre la carabasse) : livrer un secret
carrichon (carrichon de pain) : quartier de pain
catoller : hésiter
caton : grumeau
censément : pour ainsi dire, comme qui dirait
charipe : charogne
collagne (de collagne) : ensemble
coqueluchon : tête
cotivet : nuque
couame : embarrassé
couennerie : bêtise, invention
coufle : gonflé
cras (être à cras) : à la dernière extrémité
cuchon (un cuchon de) : beaucoup
cupelette : faillite
cul (être à cul) : être ruiné

D

débagager (se débagager le ventre) : se purger
débarouler : rouler de haut en bas
décesser (sans décesser) : sans s'arrêter
décoconner : perdre la tête
défunter : mourir
dégrober (se) : s'arracher à son immobilité
délapider : importuner beaucoup
déparler : dire des sornettes
dépontelé (avoir l'estomac tout dépontelé) : avoir faim
dépotenter (se dépotenter) : s'épuiser en efforts
dessampiller : déchirer
détrancaner : devenir fou
devants (aller à ses devants) : aller à sa rencontre

E

ébravagé : affolé
écramailler (s'écramailler) : s'écraser
embierne : ennui, difficulté
emboconner : 1. puer – 2. empoisonner, contaminer
emboimer : tromper, enjôler
emmalicé : tout énervé
endéver (faire endéver) : faire enrager
engarier (s'engarier) : s'engager dans une mauvaise affaire
enquiller : enfiler
ensauver (s'ensauver) : se sauver
entrepris : embarrassé
escanner (s'escanner) : prendre la poudre d'escampette
estiquer : piquer

F

faganat : puanteur

faire partir les oreilles : assourdir
fenière : fenil
fenotte : femme
fermer : enfermer
flape : épuisé
fondre ses huiles : se ruiner
fouilleret (vent fouilleret) : tourbillonnant
fourachaux : écervelé, déraisonnable
franc : tout à fait

G

galavard : vaurien
gandoise : plaisanterie, raillerie
gognant (grand gognant) : ahuri, andouille
gondiveler (se gondiveler) : se réjouir
gongonneuse : râleuse
grillet (avoir des grillets dans la tête) : ne pas avoir le cerveau bien sain
guille : fausset (du tonneau)

I

infusion de gravier : tombe

J

jambes (les jambes en manches de veste) : jambes tordues

L

lever le cul : faire faillite
liard (à deux liards le pot) : très peu cher
lier (ne savoir ni lier ni délier) : ne pas savoir à quoi se résoudre
lime douce : mauvaise langue

M

main (il n'y en a que pour une main tournée) : c'est vite fait
mami : enfant
marcourer (se marcourer) : se ronger
margagne : boue épaisse
marijordonne : impérieuse
marquant : homme important
mener : avoir ou donner la diarrhée
mettre toutes les herbes de la Saint-Jean : mettre tout ce qui est possible d'y mettre
miron : chat
mouniche : sexe féminin

N

natures : organes sexuels
noir (être dans ses noirs) : être de mauvaise humeur

O

orges (faire ses orges) : faire de gros bénéfices

P

pacan : rustre
pancher d'eau : uriner
panosse : serpillière
pas (à pas de poule) : lentement
patte à relaver : chiffon
pelosse (envoyer aux pelosses) : envoyer promener
peter (sans accent aigu) : éclater
pidancer : manger beaucoup de pain avec peu de fricot
pièce (rendre sa pièce) : mourir
pignocher : manger du bout des dents
pilleraud : vaurien
poil (donner un poil) : réprimander sévèrement
poner : payer
pontificat (être dans son pontificat) : être dans un état de prospérité
posser : boire
possible (possible et compossible) : tout ce qu'on peut
poutrône : femme de mauvaise vie
prêter la main à quelqu'un : l'aider
profitable (une femme profitable) : qui a toutes les qualités requises dans un ménage
puce (prendre une puce sur le nez de quelqu'un) : gruger

Q

quèser (se) : se taire
quincher : crier
quoique ça : malgré ça

R

rebriquer : répliquer
recrénillé : ratatiné
regonfle (à regonfle) : en grande quantité
rentourner (se rentourner) : s'en retourner
revenge : vengeance
riclaire (un pauvre riclaire) : un malheureux
rongonner : grommeler
rôti (ne pas s'endormir sur le rôti) : veiller au grain

S

sapré : sacré
sarron : sciure
seille : récipient
singotte : averse de pluie
soigner : guetter, surveiller
soute (à la soute) : à l'abri

T

tarabâter (se tarabâter) : se tourmenter
tâte-golet : tâtillon
tâti (tenir tâti) : tenir bon

tirer un pied de cochon : jouer un mauvais tour
toisé : fini
tourner le cul au pain : agir contre ses intérêts
tracole : loquet
trampaler : tituber
trempe : trempé

V

varier (la tête lui varie) : la tête lui tourne
vert (faire le vert et le sec) : faire tout son possible
vilain (faire vilain) : exprimer sa colère

Table des matières

LA LITTÉRATURE ÉTRANGÈRE
CHEZ FAYARD

Leopoldo Alas, dit Clarín : *La Régente*; *Son fils unique.*

Isabel Allende : *La Maison aux esprits*; *D'amour et d'ombre*; *Eva Luna*; *Les Contes d'Eva Luna*; *Le Plan infini*; *Paula.*

Alexandre Arkhanguelski : *Alexandre Ier, le feu follet.*

Anthologie de la prose albanaise, présentée par Alexandre Zotos.

Jakob Arjouni : *Magic Hoffmann*; *Un ami.*

J.G. Ballard : *La Bonté des femmes*; *Fièvre guerrière*; *La Course au paradis*; *La Face cachée du soleil*; *Super-Cannes.*

Thomas Berger : *L'Invité*; *Le Crime d'Orrie*; *Rencontre avec le mal.*

Vitaliano Brancati : *Les Années perdues*; *Le Vieux avec les bottes,* suivi d'un essai de Leonardo Sciascia; *Don Juan en Sicile*; *Rêve de valse,* suivi de *Les Aventures de Tobaïco*; *La Gouvernante*, suivi de *Retour à la censure*; *Journal romain*; *Singulière Aventure de voyage; Les Plaisirs.*

Joseph Brodsky : *Loin de Byzance.*

Hermann Burger : *La Mère artificielle*; *Blankenburg*; *Brenner.*

Oddone Camerana · *Les Passe-Temps du Professeur*; *La Nuit de* l'Archiduc.
Andrea Camilleri : *La Concession du téléphone*; *La Saison de la chasse.*
Rossana Campo : *L'Acteur américain; À la folie.*
Rocco Carbone : *Le Siège*.
Varlam Chalamov : *La Quatrième Vologda*; *Récits de Kolyma.*
La Chanson des Niebelungs, traduite, présentée et annotée par Jean Amsler.
Jerome Charyn : *Capitaine Kidd.*
Cyril Connolly : *Le Tombeau de Palinure*; *Ce qu'il faut faire pour ne plus être écrivain*; *100 Livres clés de la littérature moderne.*
Joseph Conrad, Ford Madox Ford : *L'Aventure.*
Julio Cortázar : *Les Gagnants.*
Osamu Dazai : *Mes dernières années.*
Francisco Delicado : *Portrait de la Gaillarde andalouse.*
Alfred Döblin : *Hamlet ou La longue nuit prend fin*; *Wang-loun,* avec un essai de Günter Grass.
Milo Dor : *Mitteleuropa, Mythe ou réalité*; *Vienne, chemises bleues*; *Un monde à la dérive.*
Aris Fakinos : *La Citadelle de la mémoire*; *La Vie volée*; *Le Maître d'œuvre.*
J. G. Farrell : *Le Siège de Krishnapur*; *Hôtel Majestic*; *Une fille dans la tête.*
Lion Feuchtwanger : *Le Faux Néron*; *La Guerre de Judée*; *Les Fils*; *La Sagesse du fou ou Mort et transfiguration de Jean-Jacques Rousseau*; *Le jour viendra*; *Simone.*
Marcello Fois : *Nulla.*

Paula Fox : *Personnages désespérés* ; *Pauvre Georges !*
Eleonore Frey : *État d'urgence.*
Mavis Gallant : *Les Quatre Saisons* ; *L'Été d'un célibataire* ; *Voix perdues dans la neige* ; *Ciel vert, ciel d'eau* ; *De l'autre côté du pont* ; *Poisson d'avril.*
Jane Gardam : *Un amour d'enfant* ; *L'Homme Vert.*
Juan Goytisolo : *Paysages après la bataille* ; *Chroniques sarrasines* ; *Chasse gardée* ; *Les Royaumes déchirés* ; *Les Vertus de l'oiseau solitaire* ; *L'Arbre de la littérature* ; *À la recherche de Gaudí en Cappadoce* ; *La Longue Vie des Marx* ; *La Forêt de l'écriture* ; *État de siège* ; *Trois Semaines en ce jardin* ; *Cogitus interruptus.*
Grimmelshausen : *Les Aventures de Simplicissimus.*
Gunnar Gunnarsson : *Frères jurés.*
Erich Hackl : *Le Mobile d'Aurora.*
Zbigniew Herbert : *Monsieur Cogito et autres poèmes.*
Shifra Horn : *Quatre mères.*
Henry James : *L'Américain* ; *Roderick Hudson.*
Francesco Jovine : *Signora Ava* ; *La Maison des trois veuves.*
Roberto Juarroz : *Poésie verticale.*
Ismail Kadaré : *Les Tambours de la pluie* ; *Chronique de la ville de pierre* ; *Le Grand Hiver* ; *Le Crépuscule des dieux de la steppe* ; *Avril brisé* ; *Le Pont aux trois arches* ; *La Niche de la honte* ; *Invitation à un concert officiel et autres récits* ; *Qui a ramené Doruntine ?* ; *L'Année noire,* suivi de *Le cortège de la noce s'est figé dans la glace* ; *Eschyle ou l'éternel perdant* ; *Le Dossier H.* ; *Poèmes, 1958-1988* ; *Le Concert* ; *Le Palais des rêves* ; *Printemps albanais* ; *Le Monstre* ; *Invitation à l'atelier de l'écrivain,* suivi de *Le Poids de la croix* ; *La Pyramide* ; *La Grande Muraille*, suivi de *Le Firman aveugle* ; *Clair

de lune ; *Œuvres* (6 vol.) ; *L'Ombre* ; *L'Aigle* ; *Spiritus* ; *Mauvaise Saison sur l'Olympe* ; *Novembre d'une capitale* ; *Trois Chants funèbres pour le Kosovo* ; *Il a fallu ce deuil pour se retrouver* ; *L'Hiver de la grande solitude; Froides Fleurs d'avril.*

Yoram Kaniuk : *Mes chers disparus* ; *Encore une histoire d'amour* ; *Il commanda l'« Exodus ».*

Mark Kharitonov : *Prokhor Menchoutine* ; *Netchaïsk*, suivi de *Ahasvérus* ; *La Mallette de Milachévitch* ; *Les Deux Ivan* ; *Un mode d'existence* ; *Étude sur les masques* ; *Une journée en février* ; *Le Gardien* ; *Le Voyant* ; *Retour de nulle part.*

Danilo Kiš : *La Leçon d'anatomie* ; *Homo poeticus* ; *Le Résidu amer de l'expérience* ; *Le Luth et les Cicatrices* ; *Les Lions mécaniques et autres pièces.*

Jerzy Kosinski : *Le Jeu de la passion.*

Édouard Kouznetsov : *Roman russe.*

Hartmut Lange : *Le Récital,* suivi de *La Sonate Waldstein* ; *Une fatigue,* suivi de *La Promenade sur la grève* ; *Le Voyage à Trieste* suivi de *Le Marais de Riemeister* ; *L'Immolation* ; *Le Houx* ; *L'Ange exterminateur d'Arthur Schnitzler.*

Hugo Loetscher : *Si Dieu était suisse...* ; *La Tresseuse de couronnes* ; *Un automne dans la Grosse Orange* ; *Le Coq prêcheur* ; *La Mouche et la Soupe* ; *Saison.*

Russell Lucas : *Le Salon de massages et autres nouvelles.*

C. S. Mahrendorff : *Et ils troublèrent le sommeil du monde.*

Luigi Malerba : *La Planète bleue* ; *Clopes* ; *Le Feu grégeois* ; *Les Pierres volantes* ; *La Vie d'châtiau.*

Thomas Mann : *Les Buddenbrook* ; *La Montagne magique* ; *La Mort à Venise*, suivi de *Tristan.*

Gregorio Manzur : *Iguazú.*

Dacia Maraini : *Voix.*

Monika Maron : *La Transfuge*; *Le Malentendu*; *Rue du Silence, n° 6.*

Stelio Mattioni : *Les Métamorphoses d'Alma*; *La Plus Belle du royaume.*

Predrag Matvejevitch : *Bréviaire méditerranéen*; *Épistolaire de l'Autre Europe*; *Le Monde « ex ».*

Vladimir Maximov : *La Coupe de la fureur.*

Mary McCarthy : *Cannibales et Missionnaires*; *L'Oasis et autres récits*; *Le Roman et les Idées, et autres essais*; *Comment j'ai grandi.*

Piero Meldini : *La Bienheureuse aux vertiges.*

Migjeni : *Chroniques d'une ville du Nord,* précédé de *L'Irruption de Migjeni dans la littérature albanaise*, par Ismail Kadaré.

Czeslaw Milosz : *Visions de la baie de San Francisco*; *Milosz par Milosz,* entretiens de Czeslaw Milosz avec Ewa Czarnecka et Aleksander Fiut; *Empereur de la terre*; *L'Immoralité de l'art*; *Terre inépuisable,* poèmes; *Chroniques,* poèmes; *De la Baltique au Pacifique.*

Karl Philipp Moritz : *Anton Reiser.*

Vladimir Nabokov : *Ada ou l'Ardeur*; *Regarde, regarde les arlequins !*; *La Transparence des choses*; *Machenka*; *Littératures I* (Austen, Dickens, Flaubert, Stevenson, Proust, Kafka, Joyce); *Littératures II* (Gogol, Tourguéniev, Dostoïevski, Tolstoï, Tchekhov, Gorki); *Littératures III (Don Quichotte)*; *L'Homme de l'URSS et autres pièces.*

Kenji Nakagami : *Mille Ans de plaisir*; *La Mer aux arbres morts*; *Sur les ailes du soleil*; *Hymne*; *Le Bout du monde, moment suprême.*

Nezâmi : *Les Sept Portraits.*

Edna O'Brien : *Un cœur fanatique*; *Les Filles de la campagne*; *Les Grands Chemins*; *Qui étais-tu, Johnny ?* ; *Les Victimes de la paix*; *Lanterne magique*; *Vents et Marées*; *Nuit*; *La Maison du splendide isolement*; *Les Païens d'Irlande*; *Tu ne tueras point*; *Le Joli Mois d'août*; *Décembres fous.*

Fernando del Paso : *Palinure de Mexico*; *Des nouvelles de l'Empire*; *Linda 67. Histoire d'un crime.*

T.R. Pearson : *L'Heure de l'Évangile.*

Leo Perutz : *Turlupin*; *La Neige de saint Pierre*; *La Troisième Balle*; *La nuit, sous le pont de pierre*; *Où roules-tu, petite pomme ?* ; *Le Maître du Jugement dernier*; *Nuit de mai à Vienne.*

Alexeï Peskov : *Paul Ier, empereur de Russie ou Le 7 novembre.*

Romana Petri : *La Guerre d'Alcina.*

Frederic Prokosch : *Voix dans la nuit.*

James Purdy : *Dans le creux de sa main*; *La Tunique de Nessus*; *L'Oiseau de paradis.*

Barbara Pym : *Crampton Hodnet*; *Jane et Prudence*; *Comme une gazelle apprivoisée.*

Peter Rosei : *Comédie*, suivi de *Homme & Femme S.a.r.l.* ; *Les Nuages,* suivi de *Quinze Mille Âmes*; *L'Insurrection*, suivi de *Notre paysage : descriptif.*

Herbert Rosendorfer : *Stéphanie et la Vie antérieure*; *Les Saints d'or ou Colomb découvre l'Europe*; *Suite allemande*; *Grand Solo pour Anton*; *L'Architecte des ruines.*

Anatoli Rybakov : *Sable lourd.*

David Samoïlov : *Pour mémoire.*

Diego de San Pedro : *Prison d'amour.*

Francesca Sanvitale : *Le Fils de l'Empire.*

Alberto Savinio : *Souvenirs* ; *Hermaphrodito* ; *La Maison hantée* ; *La Boîte à musique.*

J. G. Schnabel : *L'Île de Felsenbourg.*

Ingo Schulze : *Histoires sans gravité; 33 moments de bonheur.*

Leonardo Sciascia : *Mots croisés* ; *Petites chroniques* ; *Œil de chèvre* ; *Monsieur le député*, suivi de *Les Mafieux* ; *La Sorcière et le Capitaine* ; *1912 + 1* ; *Portes ouvertes* ; *Le Chevalier et la Mort* ; *Faits divers d'histoire littéraire et civile* ; *Une histoire simple* ; *Heures d'Espagne* ; *En future mémoire* ; *Portraits d'écrivains* ; *Œuvres complètes* (3 volumes).

Richard Sennett : *Les Grenouilles de Transylvanie* ; *Une soirée Brahms.*

Jenefer Shute : *Folle de moi* ; *Point de rupture.*

Francisco Sionil José : *Po-on ; À l'ombre du* balete.

Alexandre Soljénitsyne : *Œuvres complètes* (version définitive). Tome 1 : *Le Premier Cercle* ; tome 2 : *Le Pavillon des cancéreux, Une journée d'Ivan Denissovitch et autres récits* ; tome 3 *Œuvres dramatiques* ; tome 4 : *L'Archipel du goulag*, vol. 1 ; *Les tanks connaissent la vérité* ; *Les Invisibles* ; *La Roue rouge* (version définitive) – *Premier nœud : Août 14 – Deuxième nœud : Novembre 16 – Troisième nœud : Mars 17* ; *Ego*, suivi de *Sur le fil* ; *Nos pluralistes* ; *Les tanks connaissent la vérité* ; *Les Invisibles* ; *Nos jeunes* ; *Comment réaménager notre Russie ? Réflexions dans la mesure de mes forces* ; *Le « Problème russe » à la fin du XXe siècle* ; *Le grain tombé entre les meules* ; *La Russie sous l'avalanche* ; *Deux Récits de guerre.*

Muriel Spark : *Intentions suspectes* ; *La Place du conducteur* ; *L'Unique Problème* ; *Ne pas déranger* ; *Une serre sur l'East River*; *Les Célibataires*; *Pan ! pan ! tu es morte*; *L'Appropriation*; *Le Pisseur de copie*; *L'Ingénieur culturel*; *Les Consolateurs*; *Le Banquet*; *Les Belles Années de mademoiselle Brodie*; *L'Abbesse de Crewe*; *Memento mori*; *Robinson*; *Curriculum vitae*; *Demoiselles aux moyens modestes*; *Droits territoriaux*; *L'Image publique*; *Rêves et réalité*; *Ouvert au public.*

Luan Starova : *Le Temps des chèvres*; *Les Livres de mon père.*

Christina Stead : *L'Homme qui aimait les enfants.*

Patrick Süskind : *Le Parfum*; *Le Pigeon*; *La Contrebasse*; *Un combat et autres récits.*

Wisława Szymborska : *De la mort sans exagérer*; *Je ne sais quelles gens.*

Korneï Tchoukovski : *Journal. Tome 1 : 1901-1929*; *tome 2 : 1930-1969.*

Albert Vigoleis Thelen : *L'Île du second visage.*

Anthony Trollope : *Les Tours de Barchester.*

Sebastiano Vassalli : *Le Cygne.*

Luis Vélez de Guevara : *Le Diable boiteux.*

Gore Vidal : *En direct du Golgotha*; *L'Histoire à l'écran.*

Alice Walker : *Le Cœur noir.*

Ernst Weiss : *Georg Letham, médecin et meurtrier*; *Le Séducteur*; *L'Aristocrate.*

Urs Widmer : *Le Paradis de l'oubli*; *Le Siphon bleu*; *Les Hommes jaunes.*

Christa Wolf : *Adieu aux fantômes*; *Médée; Ici même, autre part.*

Adam Zagajewski : *Solidarité, solitude*; *Coup de crayon*; *Palissade. Marronniers. Liseron. Dieu*; *La Trahison*; *Mystique pour débutants*; *Dans une autre beauté.*

Theodore Zeldin : *Le Bonheur*; *De la conversation.*

Histoire de la littérature japonaise (trois tomes), par Shuichi Kato.

Histoire de la littérature polonaise, par Czeslaw Milosz.

Histoire de la littérature russe, ouvrage dirigé par Efim Etkind, Georges Nivat, Ilya Serman et Vittorio Strada.

– *Des origines aux Lumières.*

– *Le XIXe siècle.* Tome 1 : *L'Époque de Pouchkine et de Gogol.*

– *Le XXe siècle.* Tome 1 . *L'Âge d'argent*; tome 2 : *La Révolution et les Années vingt*; tome 3 : *Gels et Dégels.*

Histoire de la littérature américaine, par Pierre-Yves Pétillon.

– *Notre demi-siècle (1939-1989).*

Histoire de la littérature espagnole, sous la direction de Jean Canavaggio.

– Tome 1 : *Moyen Âge – XVIe siècle – XVIIe siècle.*

– Tome 2 : *XVIIIe siècle – XIXe siècle – XXe siècle.*

Histoire des littératures scandinaves, par Régis Boyer.

Histoire de la littérature néerlandaise, ouvrage dirigé par Hanna Stouten, Jaap Goedegebuure, Frits van Oostrom.

Histoire de la littérature tchèque, par Hana Voisine-Jechova.

Cet ouvrage a été réalisé en Garamond par Palimpseste à Paris

Achevé d'imprimer en janvier 2002
sur presse Cameron,
dans les ateliers de
Bussière Camedan Imprimeries
à Saint-Amand-Montrond (Cher)
pour le compte de la librairie Arthème Fayard
75, rue des Saints-Pères – 75006 Paris

35-67-1351-2/01

ISBN 2-213-61151-3

Dépôt légal : janvier 2002.
N° d'Édition : 17851. – N° d'Impression : 020219/4.

Imprimé en France